첫사랑

이음문고

*

손님들은 오래전 집으로 돌아갔다. 시계는 12시 30분을 가리키고 있었다. 방 안에 남은 이는 집주인과 세르게이 니콜라예비치, 블라디미르 페트로비치뿐이었다.

집주인이 종을 울려서 하인을 불러 남은 저녁을 치우게 했다.

"그러면 동의한 걸로 알겠습니다." 그는 안락의자 깊숙이 몸을 묻고는 시가에 불을 붙이며 말했다. "지금부터 첫사랑 이야기를 해봅시다. 먼저 시작하시죠, 세르게이 니콜라예비치."

금발 머리에 통통한 얼굴, 몸집이 둥글고 아담한 세르게이 니콜라예비치는 집주인을 바라보다 천장으로 시선을 옮겼다.

"제 경우는 말입니다." 이윽고 그가 입을 열었다. "첫사랑이 없습니다. 두 번째 사랑부터 시작했지요."

"어떻게 그럴 수 있지요?"

"아, 간단합니다. 열여덟 살 때 굉장히 매력적인 아가씨한테 구애했는데, 마치 처음이 아닌 듯 능숙하게 한 겁니다. 정확히는 나중에 다른 여자들과 연애할 때처럼 말이죠. 사실 처음이자 마지막으로 사랑에 빠진 여성은 여섯 살 때 만난 제 유모였습니다만, 이미 오래전 일이라 세세한 부분은 기억나지도 않습니다. 설령 기억난다 하더라도 그 이야기가 뭐 재미나 있겠습니까?"

"그러면 어떻게 할까요?" 집주인이 말을 꺼냈다. "제 첫사랑 역시 별로 특별할 게 없습니다. 안나 이바노브나를 만나기 전까진 누구와도 사랑에 빠진 적 없고, 그녀를 만난 뒤에는 모든 게 완벽할 만큼 순탄하게 흘러왔습니다. 양가 아버지들끼리 미리 모든 걸 조율한 만남이었죠. 우리는 만나자마자 사랑에 빠졌고 곧 결혼했습니다. 제 이야기는 이게 전부입니다. 사실 제가 첫사랑 이야기를 꺼낸 건 나이 든 독신남들의 이야기를 듣고 싶어서였습니다. 물론 두 분이 나이 든 건 아니지만 젊다고 할 수도 없으니까요. 블라디미르 페트로비치, 우리를 즐겁게 해주지 않겠습니까?"

"확실히 제 첫사랑은 평범하진 않았습니다." 블라디미르 페트로비치가 잠시 망설인 끝에 대답했다. 그는 짙은 색 머리가 살짝 희끗희끗해진 마흔 살쯤 돼 보이는 남자였다.

"아!" 집주인과 세르게이 니콜라예비치가 입을 모아 말했다. "그러면 더 좋습니다. 첫사랑 이야기를 들려주세요."

"아니, 하지 않겠습니다. 그러는 편이 좋겠어요. 전 말솜씨가 없으니까요. 제 입으로 이야기하면 단조롭고 건조하거나 지나치게 장황하고 이상한 이야기가 되어버릴 겁니다. 양해해주신다면 제가 기억하는 걸 모두 글로 써서 읽어드리겠습니다."

두 사람은 동의하지 않았지만 블라디미르 페트로

비치는 결국 자기 뜻대로 했다. 2주 후 그들은 다시 만났고, 블라디미르 페트로비치는 약속을 지켰다.

이것은 그가 쓴 이야기다.

I

열여섯 살, 1833년 여름이었다.

나는 부모님과 함께 모스크바에 살았다. 부모님은 여름이면 네스쿠츠니공원 맞은편의 칼루가관문 근처에 집을 빌려 여름을 보냈다. 나는 대학 입시를 앞두고 있었지만 유유자적하며 열심히 준비하지 않았다.

나의 자유를 방해하는 이는 아무도 없었다. 하고 싶은 대로 하며 지냈는데, 마지막 가정교사가 떠난 후엔 더욱 그랬다. 그 프랑스 남자는 자신이 '폭탄처럼' 러시아에 떨어졌다는 생각을 벗지 못한 채 화난 얼굴로 하루 종일 무기력하게 침대에 누워 지냈다. 아버지는 다정하지만 무관심했고 어머니는 내가 외아들인데도 별 관심을 기울이지 않았다. 어머니는 다른 근심에 사로잡혀 있었다. 아직 젊고 잘생긴 아버지는 어머니를 사랑해서 결혼한 게 아니었다. 아버지는 어머니보다 열 살이나 젊었다. 어머니는 우울에 갇혀 살았다. 신경이 곤두선 상태에서 항상 불안해하고 질투를 일삼았다. 물론 아버지 앞에선 그런 내색을 하지 않았다. 어머니는 아버지를 두려워했다. 아버지는 차갑고 무심한 사람이었다. 지금껏 아버지보다 우아하고 차분하거나, 자신감 넘치거나, 혹은 오만한 사람을 보지 못했다.

그 외곽 마을에서 보낸 처음 몇 주를 절대 잊지 못할 것이다. 날씨는 더할 나위 없이 아름다웠다. 우리가 모스크바를 떠나온 것은 5월 9일, 성 니콜라스 축일이었다. 나는 정원이나 네스쿠츠니공원을 산책하다 가끔은 관문 너머까지 가기도 했다. 책을 한 권, 이를테면 카이다노프의 강의록* 따위를 들고 나갔지만 펼쳐보는 일은 드물었다. 그보다는 이미 외운 많은 시를 반복해서 암송하는 데 시간을 보냈다. 내 안의 피는 뜨겁게 끓어오르고 심장은 달콤하면서도 어리석은 갈망으로 가득 차 있었다. 기대에 부풀면서도 의구심이 치솟았고, 가슴을 두근거리며 무언가를 기다렸다. 나의 환상은 새벽녘 종탑 주위를 나는 제비처럼 한 가지 생각에만 몰두했다. 깊은 상념

*19세기에 널리 알려진 I.K. 카이다노프의 「세계 역사 개요」

에 빠졌다가 슬퍼지면 울기도 했다. 하지만 언제나 시의 운율과 저녁의 아름다움이 자아낸 눈물과 우울을 뚫고 행복감, 젊음의 열정이 이른 봄의 새싹처럼 솟아났다.

내게는 말 한 필이 있어 직접 안장을 올리고 멀리까지 나가곤 했다. 전속력으로 달릴 때면 마상 경기에 나선 기사라고 상상하거나(귓가를 스치는 바람이 얼마나 상쾌했던지!) 고개를 들어 반짝이는 푸른 하늘을 온몸으로 만끽했다.

여자와의 사랑은 아직 흐릿한 이미지일 뿐 구체적인 형태를 떠올리지 못했다. 하지만 생각하고 느끼는 모든 것에는 새롭고 말로 표현할 수 없이 달콤하며 성적인 무언가에 대한 수줍고 막연한 관심이 반쯤은 무의식 속에 감춰져 있었다. 이러한 예감과 기대감이 온몸을 관통했다. 나는 이러한 예감으로 호흡했고, 그 예감은 피에도 스며들어 정맥을 타고 흘렀다. 그 예감이 현실에서 이루어질 것만 같았다.

우리가 빌린 집은 여러 개의 둥근 기둥을 세운 목조 가옥으로 나지막한 별채 두 개가 딸려 있었다. 왼

쪽 별채는 싸구려 벽지를 만드는 작은 공장이었다. 나는 가끔 그 주위를 어슬렁거리며 공장을 기웃거렸다. 헝클어진 머리에 안색이 창백하고 비쩍 마른 마을 소년 10여 명이 기름투성이의 긴 작업복 차림으로 나무 지렛대에 뛰어올라 그 빈약한 몸으로 사각 널빤지를 누르면 종이에 화사한 무늬가 찍혀 나왔다. 오른쪽 별채는 세입자를 기다리는 상태였다. 5월 9일에서 3주쯤 지난 어느 날, 이 별채의 덧문이 열리고 창으로 여자들의 얼굴이 보였다. 새로 이사 온 가족이었다. 그날 점심 식탁에서 어머니가 집사에게 이웃이 누구인지 물었던 게 기억난다. 어머니는 자세키나 공작부인이라는 말을 듣더니 약간의 존경심을 나타내며 대뜸 "아, 공작부인…." 하고 말끝을 흐리다 넘겨짚었다. "가난한 공작부인이겠군." 그리고 "짐마차가 세 대더군요, 부인. 가구는 말할 것도 못 되고요"라는 집사의 말에 호응하듯 대답했다. "음, 생각보다 나쁠 수도 있겠군." 하지만 아버지가 차가운 시선을 보내자 입을 다물었다.

자세키나 공작부인이 부자일 리는 만무했다. 그녀

가 빌린 별채는 너무 낡은 데다 좁고 낮아서 돈이 많다면 들어와 살지 않으려 할 것이다. 사실 이 모든 상황이 내겐 아무 의미도 없었다. 공작 작위도 대수롭지 않았다. 실러의 「도적 떼」를 읽고 있었기 때문이다.

Ⅱ

나는 매일 저녁 라이플총을 들고 정원 주변을 돌아다니며 까마귀를 쫓았다. 이 조심성 많고 교활한 약탈자에게 뿌리 깊은 증오심을 품은 터였다. 문제의 그날도 평상시처럼 오솔길을 샅샅이 훑으며 정원을 돌다가(까마귀들은 나를 알아채고 멀리서 깍깍거릴 뿐이었다) 울타리 근처까지 가버렸다. 울타리는 오른쪽으로 뻗어있으면서 별채에 딸린 작은 마당과 우리 소유지를 구분하고 있었다. 고개를 숙인 채 걷는데 갑자기 사람들의 목소리가 들려왔다. 나는 울타리 너머를 바라보고는 그 자리에서 꼼짝도 하지 못했다. 낯선 광경이 시야에 들어온 것이다.

불과 몇 발자국 떨어진 풀밭에 아직 익지 않은 라즈베리 덩굴 옆으로 머리에 흰 두건을 두르고 분홍색 줄무늬 드레스를 입은 키도 크고 날씬한 아가씨가 서 있었다. 젊은 남자 넷이 그녀 주위에 모여 있었다. 그녀는 (나는 이름을 모르지만 아이들은 잘 아는) 작은 주머니처럼 생겨서 단단한 무언가에 부딪치면 소리 내며 터지는 앙증맞은 잿빛 꽃으로 차례차례 그들의 이마를 건드렸다. 젊은 남자들은 열렬히 이마를 내밀었다. 그녀의 몸짓에는 고혹적이고 도도하면서도 뇌쇄적이고, 조롱하는 듯하면서도 매력적인 무언가가 있었다. 나는 경이로움과 기쁨에 젖어 하마터면 소리를 지를 뻔했다. 그 순간 그 아름다운 손가락이 이마를 건드려주기만 한다면 세상 무엇이라도 다 내어줄 것만 같았다. 라이플총이 손에서 미끄러져 풀밭으로 떨어졌다. 그리고 나는 모든 걸 잊었다. 내 눈은 저 단아한 얼굴, 우아한 목선, 날렵한 양팔, 흰 두건 아래 살짝 헝클어진 금발 그리고 반쯤 감은 영민한 눈과 속눈썹을, 부드러운 두 뺨을 뚫어져라 바라보았다.

"이봐요, 젊은이!" 갑자기 옆에서 목소리가 들렸다. "모르는 젊은 아가씨를 그렇게 빤히 쳐다봐서야 쓰겠소?"

심장이 내려앉아 기절할 지경이었다. 울타리 맞은편에서 검은 머리를 바짝 깎은 남자가 비웃듯 나를 바라보고 있었다. 바로 그 순간 아가씨가 내 쪽으로 고개를 돌렸다. 밝고 생기 넘치는 얼굴의 커다란 잿빛 눈동자와 눈이 마주쳤다. 갑자기 그녀가 얼굴이 떨릴 정도로 웃어대기 시작했다. 하얀 이가 반짝이고 눈썹이 야릇한 모양으로 올라갔다. 나는 얼굴이 화끈 달아올라 총을 집어들고는 낭랑하지만 악의 없는 웃음을 뒤로하고 내 방으로 도망쳐 들어와 침대에 몸을 던지고 두 손으로 얼굴을 가렸다. 심장이 쿵쾅댔다. 몹시 부끄러운 한편 그동안 느끼지 못한 즐거움이 밀려왔다. 처음 경험하는 흥분이었다.

잠시 마음을 진정한 뒤 머리를 빗고 옷매무새를 정돈한 다음 차를 마시러 아래층으로 내려갔다. 그 아가씨가 눈앞에 떠다녔다. 심장은 더 이상 두근대지 않았지만 가슴이 기분 좋게 죄어들었다. "무슨 일이냐?" 갑자기 아버지가 물었다. "까마귀를 쏜 거냐?" 하마터면 모든 걸 털어놓을 뻔했지만 그 마음을 누르고 말없이 미소만 지었다. 잠자리에 들면서는 아무 이유도 없이 한 발로 두세 번 뱅그르르 돌았고, 머리에 포마드를 바른 뒤 침대에 누워 밤새 단잠을 잤다. 새벽녘에 잠깐 눈을 떴을 땐 고개를 들어 황홀한 듯 주위를 둘러보고 다시 잠들었다.

Ⅲ

'어떻게 하면 그들과 친해질 수 있을까?' 아침에 눈을 뜨자마자 가장 먼저 떠오른 생각이었다. 아침 먹기 전에 정원을 산책했지만 울타리 가까이 가지 않아서 아무도 보지 못했다. 아침 식사 후 우리 집 앞길을 몇 차례 오가며 멀리서 그 창문을 힐끔거렸다. 이러다 보면 커튼 뒤의 그녀를 볼 수 있을 것 같았다. 그러나 마음에 걸리는 부분이 떠올라 서둘러 자리를 피해버렸다. '어쨌거나 찾아가서 인사를 해야 하는데 말이지.' 계속 생각하며 네스쿠츠니공원 앞에 펼쳐진 모래밭을 서성댔다. '하지만 어떻게? 그 방법이 문제군.' 어제 만났을 때 어땠는지 소소한 부분까지 떠올렸다. 무슨 이유인지 그녀가 나를 보고 웃던 장면이 유난히 선명하게 떠올랐다. 그런데 내가 끙끙대며 계획을 짜는 사이, 운명은 이미 나를 위해 준비하고 있었다.

내가 밖에 있는 동안 어머니는 이사 온 이웃의 편지를 받았다. 회색 종이에 우편 서식이나 싸구려 와인병 마개에 쓰는 갈색 밀랍으로 봉인한 편지였다. 공작부인은 오류투성이에 글씨도 엉망인 편지에서 자신들을 도와달라고 간곡히 부탁했다. 공작부인에게 몇 건의 소송이 걸려 있는데 우리 어머니가 그녀 자신과 자식들의 운명이 달린 이 소송에 영향력을 발휘할 중요한 인물들과 가까운 사이라는 것이다. "귀부인으로서 또 다른 귀부인께 부탁드림미다. 그리고 이런 기홰를 갖게 되어서 기쁨니다." 편지는 어머니를 한번 만나고 싶다는 부탁을 하며 끝을 맺었다.

방에 들어가니 어머니의 표정이 좋지 않았다. 아버지가 외출한 터라 상의할 사람이 없는 탓이었다. '귀부인' 그것도 공작부인에게 답장을 보내지 않을 순 없었다. 하지만 어떻게 해야 할지 도통 갈피를 잡지 못했다. 프랑스어로 쓰자니 부적절한 것 같고, 그렇다고 러시아어로 쓸 자신도 없었다. 이런 사실을 잘 아는 터라 어머니는 위험을 감수하고 싶지 않았다. 그래서 나를 보자 반색을 하더니 즉시 공작부인을 찾아가 언제든 부인을 위해 힘닿는 데까지 도울 것이며 2시에 찾아주면 영광이겠다는 말을 전하라고 했다.

이렇듯 예기치 않게 나의 은밀한 소원이 빠르게 이루어지자 기쁘면서도 불안했다. 하지만 마음의 동요를 드러내지 않았다. 우선 넥타이를 바꿔 매고 프록코트를 챙겨 입으러 방으로 갔다. 옷깃이 넓은 짧은 재킷을 몹시 싫어하는데 집에서는 아직도 그 옷을 입고 있었던 것이다.

Ⅳ

사지를 떨며 들어선 별채의 좁고 어수선한 현관에서 나를 맞이한 사람은 백발의 하인이었다. 짙은 구릿빛 얼굴에 심술궂은 작은 눈을 하고 이마와 관자놀이에는 주름이 가득했는데, 그렇게 깊은 주름살은 처음이었다. 그는 반쯤 뜯어먹은 청어가 담긴 접시를 든 채 다른 방으로 이어지는 문을 한쪽 발로 닫으며 딱딱 끊어지듯 물었다.

"무슨 일입니까?"

"자세키나 공작부인 계십니까?"

"보니파티!" 그때 안에서 갈라지는 여자 목소리가 들려왔다.

하인은 아무 말 없이 등을 보이며 돌아섰다. 칠이 벗겨져 녹슨 단추 하나가 달린 낡은 제복의 등판이 보였다. 그는 바닥에 접시를 내려놓고 자리를 떴다.

"경찰서 다녀왔어?" 방금 전에 들려온 여자 목소리였다. 하인이 뭔가 웅얼거리며 대답했다. "뭐라고?

누가 왔다고?" 그 목소리가 다시 물었다.

"옆집에서 온 젊은 신사분입니다."

"그래, 들어오시라고 해."

"거실로 들어오시랍니다." 하인이 다시 나타나 바닥의 접시를 집으며 말했다.

나는 옷매무새를 가다듬고 거실로 들어갔다. 잘 정돈되지 않은 작은 방이었다. 가구도 손볼 수 없을 정도로 낡아 보였다. 창가의 한쪽 팔걸이가 부서진 안락의자에 못생긴 50대 부인이 앉아 있었다. 머리에는 아무것도 쓰지 않은 채 낡은 초록색 드레스를 입고 털실로 짠 알록달록한 숄을 목에 두르고 있었다. 그녀의 작고 검은 눈동자가 나를 뚫어지게 쳐다보았다.

나는 그녀에게 다가가 고개 숙여 인사했다. "자세키나 공작부인이신가요?"

"내가 자세키나 공작부인이에요. 혹시 V씨 댁 아드님인가요?"

"그렇습니다, 부인. 어머니 말씀을 전하러 찾아뵈었습니다."

"앉아요. 보니파티, 내 열쇠 어디 있어? 열쇠 못 봤어?"

나는 자세키나 부인에게 어머니의 답신을 전했다. 그녀는 통통하고 혈색 좋은 손가락으로 창틀을 두드리며 내 말에 귀를 기울였고, 말을 끝내자 다시 나를 빤히 쳐다보았다.

"좋아요, 그때 방문하지요." 마침내 그녀가 대답했다. 그러고는 나에게 관심을 보였다. "그나저나 당신은 정말 젊군요! 실례지만 몇 살인가요?"

"열여섯입니다." 나는 살짝 더듬거리며 대답했다.

공작부인은 주머니에서 글자가 빽빽한 기름진 종이를 꺼내 코 밑에 대고는 살펴보기 시작했다.

"좋을 때죠." 그녀가 갑자기 말하며 의자에서 몸을 들썩였다. "편히 있어요! 우리 집은 격식을 따지지 않는답니다."

'너무 격식이 없군.' 그녀의 형편없는 몰골을 보자니 절로 혐오감이 들었다.

그 순간 거실의 다른 문이 휙 열리더니 어제저녁 정원에서 만난 아가씨가 나타났다. 부인이 짓궂은 웃음을 흘리며 한 손을 들었다.

"이쪽은 제 딸입니다." 공작부인이 팔꿈치로 그녀를 가리키며 말했다. "지노치카, 이웃집 V씨 댁 아드님이란다. 실례지만 이름이 어떻게 되나요?"

"블라디미르입니다." 나는 자리에서 일어서며 대답했다. 흥분해서 말을 더듬거렸다.

"부칭*은요?"

"페트로비치입니다."

"그렇군요. 예전에 알던 경찰서장도 블라디미르 페트로비치였답니다. 보니파티, 열쇠 찾을 필요 없네. 내 호주머니에 있어."

그 아가씨는 눈을 가늘게 뜨고 고개를 살짝 숙인 채 예의 짓궂은 미소를 지으며 계속해서 나를 응시했다.

"전 이미 무슈 볼데마르를 만났어요." 그녀가 입을 열었다. (그녀의 은빛 목소리가 내 안으로 스며들어와 달콤한 전율을 선사했다.) "당신을 이렇게 불러도 괜찮겠죠?"

*父稱, 러시아의 이름은 이름+부칭+성으로 이루어진다. 부칭은 아버지의 이름에서 따온 이름으로, 누구의 자식임을 밝히는 역할을 한다. 보통 예의를 갖출 때는 이름과 부칭을 함께 부른다.

"그럼요, 좋으실 대로 하세요." 내가 더듬대며 대답했다.

"어디에서 만난 거니?" 공작부인이 물었다. 그녀의 딸은 아무 대답도 하지 않았다.

"지금 바쁘신가요?" 아가씨가 내게서 시선을 떼지 않으며 물었다.

"아뇨, 괜찮습니다."

"그러면 털실 감는 걸 도와주시겠어요? 이리 오세요." 그녀는 가볍게 고개를 까딱하고는 거실을 나갔다. 나는 그녀를 뒤따라갔다.

우리가 들어간 방은 가구의 상태가 조금 더 좋았고 훨씬 고상하게 놓여 있었다. 사실 그 순간은 아무것도 알아챌 수 없었다. 꿈속을 걷는 듯했고 바보처럼 강렬한 행복감을 느꼈다. 공작부인의 딸은 자리에 앉아 빨간색 털실 뭉치를 집어들고는 옆자리 의자를 가리켰다. 그리고 조심스레 털실을 풀어 내 손에 걸었다. 그러는 동안 내내 한마디도 하지 않았다. 살짝 벌린 입술에 밝고 짓궂은 미소를 띤 채 우스꽝스러울 정도로 천천히 움직였다. 마침내 꺾은 카드에 털실을 감기 시작했다. 그러다 갑자기 나에게 시선을 던졌다. 찰나에 꽂힌 환한 시선에 나는 눈을 내리깔지 않을 수 없었다. 반쯤 감은 눈을 활짝 뜨는 순간 그녀의 얼굴이 완전히 달라졌다. 마치 빛을 내뿜는 듯했다. "어제 저를 보고 무슨 생각을 했나요, 무슈 볼데마르?" 그녀가 잠시 뜸을 들였다가 물었다. "제가 못마땅했겠죠?"

"제가요? 음… 아가씨… 전 아무 생각도 하지 않았습니다…. 어떻게 그럴 수 있겠어요?" 나는 당황해서 허둥지둥 대답했다.

"들어봐요." 그녀가 말을 이어나갔다. "당신은 아직 나를 몰라요. 완전히 낯선 사람이니까요. 나는 언제나 진실만 듣고 싶어요. 당신은 열여섯이라고 했죠? 난 스물한 살이니까 보다시피 당신보다 한참 연상이에요. 이게 바로 당신이 내게 진실만 말해야 하는 이유예요…. 그러니까 내 말대로 해요." 그리고 덧붙여 말했다. "날 봐요…. 왜 날 보지 않죠?"

나는 더욱 당황스러웠다. 하지만 눈을 들어 그녀를 바라보았다. 그녀가 미소 짓고 있었다. 조금 전과 달리 용기를 북돋는 미소였다.

"날 봐요." 그녀가 달래듯 나지막한 목소리로 말했다. "나는 불쾌하지 않아요. 당신 얼굴이 마음에 드네요. 우린 친구가 될 것 같은 느낌이 들어요. 그리고 당신은 나를 좋아하죠?" 능청스럽게 덧붙여 물었다.

"아가씨." 내가 입을 열었다.

"우선 당신은 나를 지나이다 알렉산드로브나라고 불러야 해요. 둘째, 아이들 (그녀는 이 단어를 정정했다.) 그러니까 젊은 신사들이 자기 감정을 솔직하게 말하지 않는 건 정말 이상해요. 그런 건 다 큰 어른들이나 하는 거죠. 당신, 나를 좋아하죠, 그렇죠?"

그녀가 툭 터놓고 이야기하자 굉장히 기쁘면서도 약간 자존심이 상했다. 그녀가 한낱 소년을 상대하는 게 아니라는 사실을 보여주고 싶었다. 최대한 진지한 태도로 애써 아무렇지 않은 듯 말했다. "물론 당신을 굉장히 좋아합니다, 지나이다 알렉산드로브나. 그 사실을 감추고 싶지 않습니다."

그녀가 살며시 고개를 젓더니 갑자기 물었다. "가정교사가 있나요?"

"아뇨. 가정교사 없이 공부한 지 한참 됐습니다."

거짓말이었다. 프랑스인 가정교사와 헤어진 지 한 달도 안 된 터였다.

"좋아요, 알겠어요. 당신도 성인에 가깝다고 봐야겠군요." 그녀가 손가락으로 나를 가볍게 건드렸다. "손을 똑바로 들어요." 그러곤 털실을 감기 시작했다.

나는 그녀가 눈을 내리뜬 틈을 이용해 그녀의 얼굴을 살펴보았다. 처음에는 은밀히 바라보다 점점 과감해졌다. 그녀의 얼굴은 어제보다 훨씬 더 아름다워 보였다. 얼굴의 모든 부분이 섬세하고 현명하고 매력적으로 보였다. 그녀는 흰색 커튼이 그늘을 드리운 창을 등지고 앉아 있었다. 커튼을 통과한 햇살이 그녀의 부드러운 금발, 깨끗한 목, 투명한 피부에 가벼운 빛을 뿌렸다. 그렇게 바라보고 있노라니, 그녀는 어느새 나에게 소중하고 가까운 존재가 되어버렸다. 이미 오래전부터 그녀를 알았고, 그녀를 만나기 전에는 아무것도 몰랐으며 살아도 산 게 아닌 것만 같았다. 그녀는 어두운 빛깔의 낡은 드레스에 앞치마를 두르고 있었다. 이 앞치마의 주름 하나라도 만질 수 있다면 얼마나 기쁠까. 그녀의 신발코가 드레스 밖으로 드러났다. 무릎을 꿇고 이 신발에 예를 갖출 수도 있을 것 같았다. '이렇게 그녀 맞은편에 앉아 있다.' 마음속으로 생각했다. '마침내 그녀를 만났고, 그녀를 알았다. 오, 얼마나 행복한가!' 황홀감에 의자에서 튀어오를 것 같았지만, 사실은 달콤한 간식을 먹는 아이처럼 다리만 가볍게 흔들어댈 뿐이었다. 나는 물 만난 고기처럼 행복했다. 꼼짝도 않고 이 방에 있을 것 같았다. 아니, 영원히 이 방에 머물 수 있었다.

그녀가 찬찬히 눈을 뜨자 다시 한번 맑은 눈동자가 내 앞에서 달콤하게 빛났다. 그녀는 다시 한번 다정한 미소를 지어 보였다.

"당신은 나를 너무나도 뚫어져라 쳐다보는군요." 그녀가 느릿느릿 말하며 손가락을 가로 저었다.

얼굴이 붉게 달아올랐다. '그녀는 모든 걸 알아챘구나. 전부 보고 있었어.' 이런 생각이 머릿속을 스쳤다. 어떻게 이 모든 걸 보지도, 알아채지도 못할 수 있겠는가? 갑자기 옆방에서 무슨 소리가 났다. 군도가 철컥대는 소리였다.

"지나!" 거실에서 공작부인이 소리쳐 불렀다. "벨

롭조로프 씨가 새끼 고양이를 데려왔구나."

"새끼 고양이라고요!" 지나이다는 소리를 지르며 의자에서 벌떡 일어나 내 무릎에 털실 뭉치를 던지고는 방을 뛰쳐나갔다. 나도 일어나 실타래와 털실 뭉치를 창틀에 올려놓았다. 그리고 거실로 나와 깜짝 놀라 걸음을 멈췄다. 방 한가운데 줄무늬 새끼 고양이가 배를 깔고 누워 발을 뻗고 있었다. 지나이다는 고양이 앞에 무릎을 꿇고 조심스레 그 작은 얼굴을 들어 올렸다. 공작부인 옆에는 홍조 띤 얼굴에 눈이 부리부리하고 잘생긴 금발 곱슬머리의 젊은 장교가 창문 사이의 벽을 다 차지하고 서 있었다.

"귀여운 꼬맹이!" 지나이다는 이 말을 반복했다. "눈이 회색이 아니라 초록색이네! 귀는 이렇게 크고. 고마워요, 빅토르 예고리치! 정말 다정하군요."

어제 본 젊은 남자 중 한 명인 그 군인은 미소를 지으며 고개 숙여 인사했다. 박차가 짤랑대고 군도의 고리가 딸랑거리며 울렸다.

"당신이 어제 귀가 큰 새끼 고양이를 원한다고 했잖습니까? 그래서 이렇게 데려왔습니다. 당신 말은 곧 법이니까요." 그가 다시 목례를 했다.

새끼 고양이가 작게 낑낑대더니 바닥을 킁킁거리기 시작했다.

"배가 고픈가 봐요!" 지나이다가 외쳤다. "보니파티! 소냐! 우유 좀 가져와요."

빛바랜 두건을 목에 두르고 낡은 노란색 드레스를 입은 하녀가 우유 접시를 들고 들어와 새끼 고양이 앞에 놓아주었다. 고양이는 눈을 뒤집고 달려들어 접시를 핥기 시작했다.

"저 작은 분홍빛 혓바닥 좀 봐요!" 지나이다는 거의 바닥에 닿을 정도로 고개를 숙여 고양이의 코끝을 들여다보았다. 고양이는 배부르게 먹었는지 가르랑거리며 발을 비벼댔다. 지나이다는 일어서서 하녀를 돌아보며 무심히 말했다. "이 녀석을 데려가."

"고양이를 데려온 보상으로… 당신의 한 손을…." 군인이 히죽 웃더니 새 제복이 꽉 끼는 탄탄한 몸을 으쓱하며 말했다.

"양손에요." 지나이다가 대답하며 그에게 두 손을 내밀었다. 그가 그녀의 손에 입을 맞추는 동안 그녀는 그의 어깨 너머로 나를 바라보았다. 나는 그 자리에 꼼짝도 못 하고 서 있었다. 웃어야 할지, 무슨 말을 해야 할지, 아무 말 없이 조용히 있어야 할지 알 수 없었다. 그때 갑자기 열린 현관문 사이로 우리 집 하인 표도르의 모습이 보였다. 그는 내게 신호를 보내고 있었다. 나는 기계적으로 그에게 갔다.

"무슨 일이야?"

"어머님께서 도련님을 찾으십니다." 그가 속삭였다. "부인께서는 도련님이 회신을 가지고 돌아오시지 않아 언짢아하십니다."

"내가 여기 그렇게 오래 있었어?"

"한 시간도 넘었습니다."

"한 시간도 넘었다고!" 나도 모르게 그의 말을 되풀이했다. 나는 거실로 돌아와 채비하고는 발꿈치를 부딪치며 고개 숙여 인사했다.

"어디 가세요?" 장교 뒤에서 나를 본 공작부인의 딸이 물었다.

"유감스럽지만 이제 돌아가야 합니다. 그리고 또…." 공작부인을 향해 몸을 돌리며 덧붙였다. "부인께서 오후 2시경 저희 집에 오신다고 전해드리겠습니다."

"네, 그렇게 전해주세요, 도련님." 공작부인이 대답했다.

공작부인은 황급히 코담뱃갑을 찾더니 코담배를 꺼내 자빠질 정도로 고개를 젖히며 크게 킁킁댔다. "그래요, 그대로 전해주세요." 눈물 맺힌 눈을 깜박이고 숨을 쌕쌕거리며 같은 말을 반복했다.

나는 다시 목례를 하고 뒤를 돌아 방을 나왔다. 등 뒤에서 불편한 기분이 느껴졌다. 뒤에서 누군가 자신을 바라본다는 걸 알아챌 때 아주 어린 남자들이 느끼는 기분이 느껴졌다.

"저기요, 무슈 볼데마르, 괜찮으면 우리 집에 또 들러주세요." 지나이다가 외치고는 다시 웃음을 터뜨렸다.

'어째서 그녀는 항상 웃는 거지?' 못마땅한 기색으로 아무 말 없이 내 뒤를 따르는 표도르와 함께 집으로 돌아오며 생각했다. 어머니는 나를 꾸짖으며 알 수 없다는 표정을 지었다. "대체 공작부인과 뭘 하느라 그리 오래 있었던 거니?" 나는 아무 대답도 하지 않고 방으로 돌아갔다. 갑자기 극심한 우울감이 찾아왔다. 눈물이 나오려는 걸 애써 참았다. 나는 그 군인을 질투하는 것이다!

V

공작부인은 약속대로 어머니를 찾아왔다. 하지만 어머니 마음에 들지 않은 모양이었다. 나는 두 분이 만나는 자리에 있지 않았지만, 식탁에서 어머니가 아버지에게 하는 말을 들어보니 자세키나 공작부인은 '굉장히 상스러운 여자'이며 세르게이 대공에게 청탁을 넣어달라고 성가시게 부탁한 것 같았다. 셀 수 없이 많은 소송과 '추잡한 금전 문제' 같은 사건에 연루된 걸로 보아 공작부인은 굉장히 문제가 많은 여자라는 말도 했다. 하지만 어머니는 공작부인과 그녀의 딸을 내일 저녁 식사에 초대했다고 덧붙였다. (나는 '그녀의 딸'이라는 말을 듣고 접시에 코를 박을 뻔했다.) 어쨌거나 그녀는 이웃이고 작위도 있기 때문이라는 것이다.

아버지는 그 부인이 어떤 사람인지 이제야 기억난다고 말했다. 젊은 시절 돌아가신 자세킨 공작을 알고 지냈다는 것이다. 그는 굉장히 좋은 집안 출신이지만 머리가 비고 시시껄렁한 인간이었다. 파리에서 오래 살았다는 이유로 사교계에서 '파리지앵'이라 불렸으며, 매우 부유했으나 도박으로 전 재산을 날린 뒤 하급 관리의 딸과 결혼했다. 아버지는 차가운 미소를 지으며 정확한 이유는 모르겠지만, 아마 돈 때문인 듯한데, 설령 그렇더라도 "더 나은 사람을 고를 수 있었을 텐데"라고 덧붙였다. 공작은 결혼 후 대규모 투기를 시작했다가 결국 완전히 파산하고 말았다.

"돈이나 빌려달라고 하지 않았으면 좋겠는데." 어머니가 한숨을 쉬며 말했다.

"그러고도 남을 것 같은데." 아버지가 조용히 말했다. "그녀가 프랑스어를 할 줄 알던가?"

"아주 못하더군요."

"음, 어쨌거나 그건 중요하지 않아. 그녀의 딸도 초대했다고 했지? 들어보니 그 아가씨는 상당히 매력적이고 교양 있다더군."

"아, 그러면 어머니를 닮지 않았나 보군요."

"아버지를 닮은 것도 아니지. 그도 교육은 받았지만 바보였거든." 아버지가 냉정하게 말했다.

어머니는 한숨을 내쉬고 다시 생각에 잠겼다. 아

버지도 입을 다물었다. 두 분의 대화를 들으며 내 마음은 상당히 불편해졌다.

식사 후 총을 놔둔 채 정원으로 나갔다. 자세킨의 정원 가까이 가지 않겠다고 다짐했지만, 통제할 수 없는 힘이 나를 그곳으로 이끌었다. 울타리에 못 미쳤을 때 지나이다를 발견했다. 이번에는 그녀 혼자였다. 한 손에 책을 들고 천천히 오솔길을 걷고 있었다. 나를 발견하지 못한 것 같아 그냥 지나치려다 갑자기 마음을 바꿔 기침 소리를 냈다. 그녀는 돌아보았지만 걸음을 멈추지는 않았다. 손으로 둥근 밀짚모자의 넓은 하늘색 리본을 뒤로 넘기며 나를 바라보더니 온화한 미소를 짓고는 다시 책으로 시선을 돌렸다.

나는 모자를 벗고 잠시 주춤거리다 무거운 마음으로 그 자리를 떴다. '나는 그녀에게 무엇인가?(Que suis-je pour elle?)' (대체 무슨 이유인지) 프랑스어로 생각했다.

뒤에서 익숙한 발소리가 들려왔다. 뒤돌아보니 아버지가 특유의 경쾌한 발걸음으로 다가오고 있었다.

"저 아가씨가 공작부인의 딸이냐?" 아버지가 물었다.

"네."

"그런데 넌 어떻게 저 아가씨를 알지?"

"오늘 아침 공작부인 댁에서 만났습니다."

아버지는 발걸음을 멈췄다가 뒤꿈치로 날렵하게 몸을 돌려 왔던 길을 되돌아갔다. 그리고 지나이다를 따라잡더니 예의 바르게 인사를 건넸다. 당혹스런 표정이 스쳤지만 그녀도 책을 내리고 고개 숙여 인사했다. 그녀의 시선이 아버지를 쫓는 모습을 보았다. 아버지는 언제나 자신만의 스타일로 단순하면서도 멋지게 차려입었다. 하지만 아버지가 이보다 우아해 보인 적은 없는 것 같다. 세월의 흔적이 느껴지지 않는 곱슬머리에 쓴 회색 모자도 이보다 멋져 보이진 않았다. 나는 지나이다 쪽으로 갔지만 그녀는 시선도 주지 않은 채 다시 책을 들고 걸어갔다.

Ⅵ

저녁부터 이튿날 아침까지 내내 슬픔에 빠져서 아무것도 들리지 않고 꼼짝할 수도 없는 지경이었다. 공부를 해보려고 카이다노프의 강의록을 펼치긴 한 것 같은데, 저명한 교과서를 채운 글씨들이 몽롱하게 눈앞을 떠다닐 뿐이었다. “줄리우스 카이사르는 무용(武勇)으로 유명했다.” 이 말을 열 번도 넘게 읽고 또 읽었지만 아무것도 머릿속에 남지 않았고, 결국 책을 던져버렸다.

저녁 먹기 전에 다시 포마드를 바르고 프록코트를 입고 넥타이를 맸다.

“무슨 일이냐?” 어머니가 물었다. “넌 아직 대학생이 아니야. 네가 시험에 붙을지 어떨지 아무도 모르잖니. 그리고 그 짧은 재킷은 맞춰준 지 얼마 되지도 않았는데, 그렇게 안 입고 버리면 안 되지.”

“손님들이 오니까요.” 나는 절망에 빠져 더듬거리며 대답했다.

"말도 안 되는 소리! 손님은 무슨!"

어머니 말을 따르는 수밖에 없었다. 나는 프록코트를 재킷으로 갈아입었지만 넥타이만은 풀지 않았다.

공작부인과 그녀의 딸은 저녁 먹기 30분 전에 도착했다. 노부인은 전에 입은 초록색 드레스 위에 노란색 숄을 걸치고 불꽃처럼 붉은 리본이 달린 구식 보닛을 쓰고 있었다. 그녀는 바로 빚과 청구서 이야기를 꺼내며 자신이 얼마나 가난한지 넋두리를 늘어놓고 불평을 쏟아냈다. 어려워하는 기색이라곤 전혀 없었다. 전처럼 시끄럽게 코담배 냄새를 맡고 의자에서 몸을 뒤채며 꼼지락거렸다. 자신이 공작부인이라는 생각은 조금도 하지 않는 것 같았다.

반면 지나이다는 오만해 보일 정도로 꼿꼿하게 앉아 있는 모습이 진짜 공작의 딸다웠다. 그녀는 차갑고 엄숙한 표정을 고수하고 있었다. 이렇게 새로운 모습도 매우 아름다웠지만 내가 아는 시선이나 미소의 흔적은 보이지 않았다. 그녀는 바레쥬 직물로 만든 옅은 파란색 꽃무늬 드레스를 입고 곱슬머리는 영국식으로 길게 빼 옆으로 늘어뜨렸다. 그녀의 차가운 표정에 잘 어울리는 머리였다. 아버지는 그녀 옆에 앉아 언제나처럼 차분하고 우아한 세련된 태도로 이웃을 접대했다. 가끔 아버지가 그녀를 쳐다보았고, 그녀도 아버지를 쳐다보았다. 그런데 이상하게도 적대감이 느껴지는 시선이었다. 두 사람은 프랑스어로 대화를 나누었는데, 지나이다의 악센트가 깔끔해서 놀란 기억이 난다.

공작부인은 여전히 예의 없이 행동하며 잔뜩 먹고 음식 칭찬을 늘어놓았다. 어머니는 그녀가 지겨워져서 무시하는 말투로 대답했다. 이따금 아버지가 살짝 눈살을 찌푸릴 정도였다.

어머니는 지나이다도 마음에 들어 하지 않았다. "그 아가씨는 지나치게 거만한 것 같더군요." 다음 날 어머니가 말했다. "그렇게 도도할 이유가 없잖아요? 매춘부처럼 생겨서는."

"당신이 매춘부를 본 적이 없을 텐데." 아버지가 받아쳤다.

"그러니 다행이죠."

"그래, 정말 다행이지. 그런데 당신은 어떻게 그

런 사람을 알아볼 수 있다는 거지?"

지나이다는 나에게 조금도 관심을 보이지 않았다.

식사가 끝나자마자 공작부인은 돌아갈 채비를 했다.

"마리아 니콜라예브나, 표트르 바실리치, 두 분의 친절한 도움과 선처를 바라겠어요." 그녀가 주절댔다. "어쩌겠어요! 좋은 시절도… 이젠 끝났죠. 절 보세요. 공작부인이에요." 불쾌하게 웃으며 덧붙였다. "먹을 것도 없는데 '작위'가 무슨 소용이겠어요."

아버지는 정중하게 인사하고는 그녀를 현관까지 배웅했다. 나는 짧은 재킷을 입은 채 그 자리에 서서 사형선고를 받은 죄수처럼 바닥만 뚫어져라 바라보았다. 지나이다가 나를 대하는 태도 때문에 죽을 지경이었다. 그런데 그녀가 내 곁을 지나며 이전의 상냥한 표정으로 재빨리 속삭이는 소리를 듣고 놀라지 않을 수 없었다. "8시에 우리 집으로 건너와요, 알겠죠? 약속 지켜요."

나는 두 손을 벌렸지만, 그녀는 머리에 흰 스카프를 두르고 자리를 뜬 뒤였다.

Ⅶ

8시 정각, 나는 멋지게 빗어넘긴 머리에 프록코트를 입고 공작부인이 사는 별채 현관에 들어섰다. 늙은 하인이 떨떠름한 시선으로 쳐다보더니 마지못해 의자에서 몸을 일으켰다.

거실에서 흥이 오른 목소리들이 들려왔다. 방문을 열고 들어가려다 놀라서 그 자리에 우뚝 멈춰섰다. 공작의 딸이 남자 모자를 든 채 방 한가운데 놓인 의자에 서 있고, 의자 주위에는 남자 다섯이 모여 있었다. 남자들이 모자를 잡으려 하자 그녀가 머리 위로 모자를 들고는 힘껏 흔들어댔다. 그러다 나를 보고 큰 소리로 말했다.

"잠깐만요! 새로운 손님이 오셨어요! 이분께도 표를 드려야죠." 그러고는 의자에서 가볍게 뛰어내려 내 코트 소매를 잡았다. "이리 와요. 왜 이렇게 멀뚱하니 서 있어요? 신사분들, 제가 소개할게요. 이분은 무슈 볼데마르, 이웃집 아드님이죠. 그리고 이분은."

이번에는 나를 보며 손님들을 소개했다. "말렙스키 백작, 의사 루신 씨, 시인 마이다노프 씨, 퇴역장교 니르마츠키 씨 그리고 전에 본 벨롭조로프 기병장교예요. 다들 친하게 지내기 바랍니다."

나는 너무 당황한 나머지 제대로 인사도 못 했다. 의사 루신은 정원에서 나에게 무안을 준 그 가무잡잡한 남자였다. 다른 사람들은 처음 보는 얼굴이었다.

"백작님." 지나이다가 말을 이었다. "무슈 볼데마르에게도 표 한 장 써주세요."

"그건 공정하지 않습니다." 백작이 폴란드 악센트가 살짝 섞인 말투로 대답했다. 그는 짙은 머리칼, 감성적인 갈색 눈과 좁은 흰색 코에 자그마한 입술 위로 가느다란 콧수염을 기른 미남에다 옷차림도 최신 유행이었다. "이 신사는 벌칙 게임에 참가하지 않았으니까요."

"공정하지 않습니다." 벨롭조로프와 퇴역장교도 그의 말을 반복했다. 40대로 보이는 퇴역장교는 흉한 곰보에 검은 곱슬머리에다 안짱다리인데 견장 없는 군복의 단추를 풀어 어깨에 걸치고 있었다.

"다시 말씀드리는데, 표를 쓰세요." 공작부인의 딸이 다시 말했다. "뭐예요, 반란인가요? 무슈 볼데마르는 오늘 처음 왔으니 규칙을 적용할 순 없죠. 불평하지 마시고 표를 쓰세요. 제 바람이에요."

백작은 어깨를 으쓱하고는 순순히 고개를 숙였다. 그는 반지를 낀 하얀 손가락으로 펜을 잡고 종이에 쓰기 시작했다.

"적어도 무슈 볼데마르에게 내용을 설명하게 해주시죠." 루신이 빈정대는 어조로 말을 시작했다. "안 그러면 이분이 적잖이 당황할 테니까요. 자, 젊은 친구, 우리는 벌칙 게임을 하는 중이었소. 공작부인의 따님이 벌칙을 받는데, 행운의 표를 꺼내는 사람이 승자가 되어 그녀의 손에 입맞춤할 자격을 얻는 거요. 이해되시오?"

나는 그저 그를 쳐다볼 뿐 그 자리에 멍하니 서 있었다. 그사이 아가씨는 다시 의자에 올라가 모자를 흔들기 시작했다. 모두 그녀에게 다가가는 걸 보고 나도 그들 사이에 끼어들었다.

"마이다노프 씨." 굉장히 긴 검은 머리에 작은 눈

은 근시가 심하고 깡마른 얼굴의 키다리 젊은이에게 그녀가 말했다. "당신은 시인이니까 너그럽게 당신의 표를 무슈 볼데마르에게 양보하세요. 그러면 저분이 한 번이 아니라 두 번의 기회를 가질 테니까요."

하지만 마이다노프는 고개를 저으며 머리를 뒤로 넘겼다.

내가 마지막으로 모자에 손을 넣어 표를 꺼내 펼쳐보았다. 세상에! 표에 적힌 '입맞춤'이라는 글자를 보는 순간 어떤 기분이 들었겠는가!

"입맞춤!" 저절로 큰 소리가 튀어나왔다.

"브라보, 당신이 승자예요." 공작의 딸이 외쳤다. "정말 기뻐요!" 그녀가 의자에서 내려와 분명하고 달콤한 시선으로 나를 쳐다보자 심장이 요동쳤다. "당신도 기쁜가요?"

"저요?" 나는 더듬대며 되물었다.

"내게 그 표를 파시오." 벨롭조로프가 불쑥 내 귀에 대고 내뱉었다. "100루블 주겠소."

내가 그 군인에게 분개한 시선을 던지자 지나이다가 손뼉을 치고 루신이 외쳤다. "오, 잘했어요! 하지만." 그가 덧붙였다. "나는 진행자로서 모든 규칙이 제대로 지켜지는지 지켜봐야 할 의무가 있습니다. 무슈 볼데마르, 한쪽 무릎을 꿇어요. 이건 규칙입니다."

지나이다가 나를 더 잘 보려는 듯 머리를 옆으로 살짝 기울이며 내 앞에 서서 진지하게 손을 내밀었다. 주위의 모든 게 흐려졌다. 한쪽 무릎만 꿇으려 했지만 양쪽이 땅에 닿고 말았다. 그리고 서툴게 지나이다의 손가락에 입술을 대다 그녀의 손톱에 코를 긁혀버렸다.

"좋아요!" 루신이 외치며 나를 일으켜주었다.

게임이 계속 이어졌다. 지나이다는 나를 자기 옆에 앉혀놓고 갖가지 벌칙을 생각해냈다. 그중에는 그녀가 조각상이 되는 것도 있었다. 그녀는 못생긴 니르마츠키를 조각상 받침대로 고른 뒤 몸을 굽혀서 가슴에 머리를 묻으라고 지시했다. 잠시도 웃음소리가 끊이지 않았다. 완고한 귀족 가문의 냉랭한 분위기에서 외아들로 자라난 내게 이런 소음과 왁자지껄한 분위기, 예의범절에서 자유로운 즐거움, 낯선 이들과의 새로운 교제는 독한 술을 마신 듯 황홀한 느낌을 주었다.

나는 다른 사람들보다 더 크게 웃고 떠들기 시작

했다. 심지어 소송 문제를 상의하려고 초대한 법무부 관리와 옆방에서 이야기를 나누던 공작부인마저 나를 보러 올 정도였다. 하지만 나는 비난하든, 조롱하든, 혹은 곁눈질로 흘겨보든 개의치 않을 만큼 지극히 행복했다. 지나이다는 나를 편애하여 곁에서 떼어놓지 않았다. 한번은 벌칙으로 그녀 옆에 앉아 수건 한 장을 같이 뒤집어쓰고 '내 비밀'을 고백해야 했다. 갑자기 향기 나는 짙은 어둠 속에서 우리 둘의 머리가 가까워지는 그 순간, 빛나던 그녀의 눈동자가 아직도 기억난다. 벌어진 입술 사이로 새어나오는 따스한 숨결, 반짝이는 치아, 나를 간지럽히며 달아오르게 하던 그녀의 머리카락도. 나는 아무 말도 하지 않았다. 그녀는 다 알고 있다는 듯 미묘하게 웃으며 속삭였다. "그럼 말해봐요." 하지만 나는 얼굴만 붉히곤 웃으며 몸을 옆으로 뺐다. 도무지 숨을 쉴 수가 없었다.

벌칙 게임이 지겨워지자 '밧줄 놀이'를 시작했다. 정신을 딴 데 팔고 있다가 손가락을 날카롭고 강하게 맞았을 때 얼마나 기뻤던지! 그 뒤로 일부러 주의를 기울이지 않는 척했지만, 그녀는 나를 놀리려고 내가 내민 손을 건드리지도 않았다. 그날 저녁 내내 우리는 이러고 놀았다. 피아노 치며 노래 부르고 춤을 추다가 집시 흉내를 내기도 했다. 니르마츠키에게 곰 복장을 입혀서 소금물을 먹였고, 말렙스키 백작은 여러 가지 카드 마술을 보여주며 마무리로 모든 카드를 섞은 뒤 으뜸패를 죄다 골라내서 루신에게 "경하드리옵니다."라는 말까지 들었다. 마이다노프는 검은 표지에 핏빛 글자로 제목을 찍으려 했던 자신의 시집 「살인자」(낭만주의가 절정이던 시기였다)의 일부를 읊었다. 또한 관리가 무릎에 올려놓은 모자를 훔쳐낸 뒤 그 대가로 코사크 춤을 추라고 했다. 늙은 보니파티에게 여성용 보닛을 씌우고 공작의 딸은 남자 모자를 쓰는 등 하나하나 열거하기 힘들 정도였다.

벨롭조로프 혼자만 잔뜩 인상을 찌푸린 채 구석에 혼자 서 있었다. 간혹 그의 눈에 핏발이 서고 얼굴이 벌게지는 걸 보면 갑자기 우리에게 욕을 퍼부어 볏짚처럼 사방으로 흩어버릴 것만 같았다. 그러나 공작의 딸은 그를 쳐다보고는 손가락을 저어 그를 구석으로 돌려보냈다.

마침내 우리는 탈진해버렸다. 늙은 공작부인의 표현을 빌리자면, 아무리 시끄러운 소리도 거뜬히 넘길 수 있는 자신조차 피곤해서 쉬어야 할 지경이었다. 자정이 가까워지자 야식이 나왔다. 오래되어 말라비틀어진 치즈와 차가운 햄을 넣은 파이에 불과했지만, 세상 그 어떤 것보다 맛있게 먹었다. 한 병뿐인 와인도 굉장히 이상했다. 목이 넓은 짙은 색 병인데, 안에 담긴 와인은 흐릿한 분홍색이었다. 사실 그건 아무도 마시지 않았다. 지쳐 쓰러질 지경이지만 행복감에 젖어 별채를 나섰다. 헤어질 때 지나이다는 내 손을 꽉 잡고 또다시 그 수수께끼 같은 미소를 지었다.

상기된 얼굴에 습하고 무거운 밤공기가 느껴졌다. 폭풍우가 시작되려는지 하늘에 흐릿하게 퍼진 검은 비구름이 서서히 모여들고 가벼운 바람이 어두운 숲속에서 전율했다. 지평선 너머 멀리에서 화난 천둥이 중얼대는 듯 숨죽인 울림이 들려왔다.

나는 뒷문 계단을 올라 방으로 기어들어갔다. 방바닥에서 자는 하인을 넘어가려는데 그가 눈을 뜨고 나를 보더니, 어머니가 화를 내며 나를 부르러 보내려는 걸 아버지가 말렸다고 전해주었다(나는 어머니한테 밤인사를 하고 축복받지 않은 채 잠자리에 든 적이 한 번도 없었다).

하지만 어쩔 수 없었다! 하인에게 혼자 옷을 갈아입고 잠자리에 들겠다고 말한 뒤 촛불을 껐다. 그러나 옷을 갈아입지도, 자리에 눕지도 않았다. 마법에 걸린 듯 한참을 멍하니 의자에 앉아 있었다. 너무도 새롭고 달콤한 느낌이었다. 꼼짝 않고 앉아서 주위에 시선을 돌리지도 않고 아주 천천히 숨을 내쉬었다. 그러다 간간이 어떤 기억을 떠올리곤 조용히 웃다가 사랑에 빠졌다는 생각에 몸의 열기가 식었다. 이건 바로 사랑이다. 어둠 속에서 지나이다의 얼굴이 내 앞을 떠다니며 사라지지 않았다. 그녀의 입술은 아까처럼 수수께끼 같은 미소를 지었고, 그녀의 눈은 묻고 싶은 게 있는 듯 내가 별채를 나설 때 보여준, 깊은 생각에 잠긴 부드러운 시선으로 살짝 옆에서 나를 바라보았다.

마침내 일어서서 발끝으로 걸어 침대까지 갔다. 옷도 벗지 않고 조심스레 머리를 베개에 묻었다. 격한 움직임이 내 안에 충만한 감정을 흩어버리기라도 할 것 같았다.

자리에 누웠지만 눈을 감지는 않았다. 곧 흐릿한 빛이 계속해서 내 방을 비춘다는 걸 알아챘다. 일어나 앉아 창문을 쳐다보았다. 유리에 비치는 흐릿한 빛 덕분에 창살이 두드러져 보였다. '폭풍이로군.' 폭풍우가 맞긴 하지만 아주 멀리서 내리는 터라 천둥소리도 들리지 않았다. 다만 하늘에는 흐릿하고 긴 번개의 잔영만 끊임없이 번쩍였다. 아니, 번쩍였다기보다 죽어가는 새의 날개처럼 바르르 떨렸다고 해야겠다.

자리에서 일어나 창가로 가서 아침까지 그대로 서 있었다. 번개는 잠시도 그치지 않았다. 소작농들이 말하는 '참새의 밤'이었다. 나는 조용한 모래밭, 네스쿠츠니정원의 거대한 어둠, 희미한 번갯불에 전율하는 듯한 멀리 저편 건물의 노란 정면을 바라보았다. 이 광경에서 눈을 뗄 수 없었다. 이 조용한 번개, 이 통제된 빛이 내 안에서 불타는 소리 없는 은밀한 불에 대응하는 것 같았다. 동이 트기 시작했다. 하늘이 진홍빛으로 물들었다. 해가 떠오르자 번갯불도 약해지면서 잦아들었다. 번개는 점점 잦아들더니 마침내 떠오르는 태양의 선명한 빛에 잠기고 말았다. 그리고 내 안의 불길도 꺼졌다. 피로와 마음의 평화가 찾아왔지만, 지나이다의 얼굴은 내 영혼 앞에 의기양양하게 떠다녔다. 하지만 훨씬 안정되어 보였다. 습지의 수풀에서 날아오르는 백조처럼, 그녀의 얼굴은 주변의 아름답지 않은 것들과 선명히 구분되었다. 나는 잠이 들면서 신뢰가 깃든 흠모를 담아 마지막으로 그녀의 얼굴을 붙잡고 작별 인사를 했다.

아, 감동받은 영혼의 온화한 감정과 부드러운 소리, 선량함과 평온함. 첫사랑의 다정하고 감동적인 환희, 그 녹아내릴 듯한 행복이여! 너는 어디에 있는가, 대체 어디에?

Ⅷ

다음 날 아침을 먹으러 내려가자 어머니가 대뜸 꾸짖기부터 했다. 다행히 예상한 것보다는 덜했다. 그러곤 어제저녁에 뭘 했는지 말하라고 해서 자세한 내용은 건너뛰고 간단히 대답하되 모든 상황이 순수하게 보이도록 설명했다.

"다 똑같아. 모녀가 품위라곤 조금도 없구나." 어머니가 명령하듯 말했다. "그런 사람들과 어울리며 시간 낭비하지 말고 그럴 시간에 시험 준비나 해라."

어머니가 내 공부를 염려하는 건 이런 몇 마디 말이 전부라는 걸 알기 때문에 굳이 대응할 필요가 없었다. 하지만 아버지는 식사를 마치자마자 내 어깨를 감싸고 정원으로 데려가서는 자세킨가에서 본 걸 전부 털어놓게 했다.

아버지는 나에게 특이한 영향력을 미쳤고, 우리 관계 역시 특이했다. 내 교육에는 별 관심을 기울이지 않았지만 내 감정을 무시하지 않고 자유를 존중했다. 이런 표현이 가능하다면 아버지는 나를 정중하게 대했다. 단지 나를 마음 깊이 받아들이지 못할 뿐이었다. 나는 아버지를 사랑했고 진심으로 숭배했다. 내 눈에 비친 아버지는 전형적인 남자였다. 밀어내는 손길을 끊임없이 느끼지 못했다면 아버지에게 얼마나 애착이 강했을지 모르겠다. 하지만 아버지는 원하기만 하면 언제든 말 한마디, 몸짓 하나로 나에게 완벽한 신뢰감을 불어넣었다. 그러면 내 영혼이 활짝 열려 현명한 친구나 너그러운 인생 선배를 대하듯 시시콜콜 이야기하곤 했다. 아버지는 그러다가도 갑자기 본체만체하며 나를 밀어냈다. 친절하고 온화한 태도였지만 어쨌거나 밀어낸 것이다.

가끔은 아버지도 쾌활해질 때가 있었다. 그럴 때면 소년처럼 장난치며 놀기도 했다. 아버지는 몸을 움직이는 격렬한 운동이라면 전부 좋아했다. 한 번, 딱 한 번 아버지가 나를 얼마나 상냥하게 어루만지는지 울음이 터질 뻔한 적도 있었다. 하지만 아버지의 유쾌함과 다정함은 곧 흔적도 없이 사라져버렸다. 이런 일이 쌓이면서 나는 미래에 대해 아무런 희망도 품지 않게 되었다.

그런 건 꿈에서나 일어나는 일 같았다. 단정하게 잘생기고 지적인 얼굴을 쳐다보면 가슴이 떨리며 온몸이 아버지에게 빨려드는 기분이었다. 그러면 아버지는 내 안의 감정을 알아챈 듯 내 뺨을 가볍게 쓰다듬었다. 그러곤 집을 나서거나, 어떤 일을 시작하거나, 혹은 아버지만 아는 방식으로 갑자기 몸이 굳어질 때면 내 몸도 움츠러들며 차갑게 식어갔다. 보기 드물게 보여주는 상냥함은 나의 애원에 대한 답이 아니었다. 그 답은 언제나 예기치 않게 찾아왔다.

훗날 아버지의 성격을 생각해보다 아버지는 나나 가족에게 관심이 없었다는 결론에 이르렀다. 아버지가 좋아하는 것은 전혀 다른 거였고, 아버지는 그걸 통해 즐거움을 만끽했던 것이다. "네가 할 수 있는 걸 스스로 선택해라. 다른 이들이 네 인생을 좌지우지하게 하지 마라. 너라는 존재는 바로 너 자신이다. 그게 인생살이의 핵심이다." 어느 날 아버지가 들려준 말이다. 젊은 민주주의자로서 아버지와 자유를 논할 때였다(내 식으로 표현하자면 그날 아버지는 '친절'했다.

그럴 때면 아버지와 무슨 얘기든 할 수 있었다).

"자유." 아버지가 반복했다. "무엇이 진정으로 인간을 자유롭게 하는지 아니?"

"네?"

"의지, 바로 너 자신의 의지란다. 의지는 자유보다 더 나은 힘을 준단다. 무언가 원하는 방법을 알면 자유로워지고, 그러면 지도자가 될 수도 있을 거다."

아버지는 다른 무엇보다도 사는 게 우선이었고… 그렇게 살았다. 아마도 '삶'을 누릴 날이 얼마 남지 않았다는 걸 예감한 것 같다. 아버지는 마흔두 살에 돌아가셨다.

나는 자세킨가를 방문한 이야기를 자세히 들려주었다. 아버지는 벤치에 앉아 말채찍으로 모래에 그림을 그리며 정신을 딴 데 팔고는 건성으로 내 이야기를 들었다. 간혹 가볍게 웃거나 이상하다거나 명랑한 시선으로 나를 쳐다보았다. 짧은 질문이나 답변으로 나를 자극하기도 했다. 처음에는 지나이다의 이름을 입밖에 꺼내지도 못하다 결국 참을 수가 없어서 칭송하기 시작했다. 아버지는 그저 웃기만 했다. 그러고는 생각에 잠겼다가 기지개를 켜고 자리에서 일어났다.

아버지가 집을 나서며 말에 안장을 얹으라고 말한 기억이 난다. 아버지는 뛰어난 기수여서 래리*가 등장하기 훨씬 전에 이미 거친 말을 길들일 줄 알았다.

"저도 같이 갈까요, 아빠?" 내가 물었다.

"아니." 아버지는 평상시처럼 자애롭고 무심한 표정으로 대답했다. "타고 싶으면 혼자 가렴. 마부에게 나는 가지 않는다고 말해주고."

아버지를 뒤돌아서 빠르게 걸어갔다. 내 시선이 아버지의 뒤를 쫓았다. 아버지는 이내 문 뒤로 사라졌고, 아버지의 모자가 울타리를 따라 움직이는 모습이 보였다. 아버지는 자세킨가로 들어갔다.

아버지는 그 집에 한 시간도 채 머물지 않았다. 바로 시내에 갔다가 저녁이 돼서야 집으로 돌아왔다.

나는 저녁을 먹고 혼자 자세킨가를 방문했다. 거실에는 늙은 공작부인만 앉아 있었다. 그녀는 나를 보더니 뜨개바늘로 두건을 덮어쓴 머리를 긁으며 뜬금없이 진정서를 베껴달라고 부탁했다.

*존 솔로몬 래리John Solomon Rarey, 1827~1866, 유명한 말 조련사

"기꺼이 그러겠습니다." 나는 흔쾌히 대답하고 의자 끝에 걸터앉았다.

"부탁할 건 글자를 크고 보기 좋게 써달라는 것뿐이에요." 공작부인이 엉망으로 휘갈겨쓴 종이를 건네며 말했다. "오늘 써주실 수 있나요?"

"오늘 중으로 해드리지요, 부인."

옆방 문이 살짝 열리고 그 틈으로 지나이다의 얼굴이 보였다. 창백하고 수심 가득한 얼굴에 머리는 아무렇게나 뒤로 넘긴 모습이었다. 그녀는 크고 차가운 눈으로 나를 쳐다보더니 조용히 문을 닫았다.

"지나, 지나!" 노부인이 불렀지만 지나이다는 대답하지 않았다.

나는 노부인의 청원서를 가져와 저녁 내내 붙들고 앉아 있었다.

IX

그날부터 나의 '열정'이 시작되었다. 그때의 경험은 처음으로 공식적인 직책을 맡았을 때의 느낌과 비슷했다. 이제 나는 소년과 작별하고 사랑에 빠진 남자가 되었다. 그날부터 나의 열정이 시작되었다고 말할 수 있다. 덧붙이자면 나의 고통도 그날부터 시작되었다. 지나이다의 부재에 가슴이 찢어지는 것 같았다. 다른 생각은 할 수도 없었다. 아주 단순한 일에도 집중할 수가 없었다. 하루 종일 아무것도 못 하고 그녀만 떠올렸다. 슬픔에서 빠져나올 길이 없었다. 그녀가 있을 때도 마음이 편하진 않았다. 나는 질투했고 보잘것없는 나 자신을 의식했다. 바보처럼 위축되고 절망에 빠졌지만 저항할 수 없는 어떤 힘이 나를 그녀에게 이끌었다. 나도 모르게 행복에 전율하며 그녀의 방 문턱을 넘었다.

지나이다는 내 사랑을 즉시 알아차렸고 나도 애써 감추지 않았다. 나의 열정은 그녀를 즐겁게 해주었다. 그녀는 나를 바보 취급하고, 놀리고, 괴롭혔다. 다른 누군가에게 종잡을 수 없고 무책임하지만 위대한 기쁨과 심오한 슬픔의 유일한 근원이 된다는 것은 달콤한 일이다. 나는 지나이다의 손에 놓인 밀랍과도 같았다. 그녀에게 빠진 건 나만이 아니었다. 그녀의 집을 방문하는 남자마다 그녀에게 빠져 허우적댔고, 그녀는 그들 모두를 자기 곁에 묶어두었다. 갖가지 희망과 두려움으로 그들을 자극하고, 변덕에 따라 그들을 얽히게 하며 즐거워했다. 그녀는 '서로 다투게 하기'라고 불렀는데, 다들 저항할 생각조차 않고 기꺼이 순종했다.

그녀의 활기차고 아름다운 존재 안에는 교활함과 무심함, 교묘함과 단순함, 온화함과 활력이 매혹적으로 공존했다. 그녀가 행동하고 말하는 모든 것, 모든 움직임에는 미묘하고 섬세한 아름다움이 배어 있었다. 일거수일투족마다 그녀의 내면에서 작용하는 독특하고 특별한 힘이 느껴졌다. 얼굴 표정도 끊임없이 변했다. 물론 그 역시 유희였다. 조롱, 상념, 열정의 표정이 동시에 나타났다. 무한하게 변화하는 감정이

여름날 구름이 바람에 쓸려가며 만들어내는 그림자처럼 가볍고 빠르게 그녀의 눈과 입술을 오르내렸다. 그녀는 추종자 모두를 필요로 했다.

가끔 '나의 야수' 혹은 그저 '내 것'이라고 불리는 벨롭조로프는 그녀를 위해서라면 불 속이라도 뛰어들 기세였다. 그는 지적 능력이나 다른 재능을 내세우지 않았지만 다른 사람들은 말뿐이라는 점을 내비치며 끈질기게 청혼했다.

마이다노프는 그녀의 시적 감수성에 부응했다. 대부분의 작가처럼 기질적으로 냉정한 그는 그녀를 숭배한다는 사실을 그녀에게, 그리고 아마도 자신에게 열렬히 설득했다. 그녀에게 바치는 시를 끝도 없이 써서 잘난 체하는 투라 부자연스럽지만 진심을 담아 열정적으로 읽어주곤 했다. 그녀는 공감하면서도 가볍게 조롱했다. 그를 신뢰하지 않아서 그의 감정을 드러낸 시를 듣고 나면 '분위기를 정화하기 위해서'라는 핑계로 푸시킨의 시를 낭송해달라고 했다.

툭하면 비아냥거리는 냉소적인 의사 루신은 그녀를 가장 잘 이해하고 그녀가 있거나 없거나 비난을 쏟아냈지만 다른 누구보다 그녀를 사랑했다. 그녀는 그를 존중하면서도 곁을 내어주진 않았다. 때때로 그가 자기 손아귀에 있다는 걸 느끼게 하고는 악의적으로 기뻐하며 즐겼다. "나는 바람둥이예요. 심장도 없고 배우 기질을 타고났죠." 한번은 내가 있는 자리에서 그에게 말했다. "좋아요! 손 좀 줘봐요. 그 손에 바늘을 찌를게요. 당신은 이 젊은이 앞에서 수치스럽겠죠. 아프겠지만 친절히 웃어주리라 믿어요, 믿음직한 신사양반." 루신은 얼굴을 붉히며 고개를 돌리곤 입술을 깨물었다. 하지만 결국은 손을 내밀었다. 그녀가 손가락을 찌르자 그는 웃기 시작했고 그녀도 덩달아 웃었다. 그러고는 바늘을 더 깊이 찔러넣으며 속수무책으로 이리저리 시선을 돌리는 그를 쳐다보았다.

내가 가장 이해하기 힘든 건 지나이다와 말렙스키 백작의 관계였다. 그는 잘생긴 데다 똑똑하고 기민했지만, 간간이 그 내면의 거짓되고 수상한 뭔가가 한낱 열여섯 소년에 불과한 나에게도 드러날 정도인데 정말로 지나이다가 그걸 알아채지 못하는 건지 의아했다. 지나이다는 그의 거짓됨을 알지만 개의치 않는 것 같았다. 젊은 여자가 즐길 만한 자유와 주변 사람들에 대한 우월감에서 시작해 정규 교육을 받지 못한 환경, 이상한 습관과 친분 관계들, 항상 곁에 있는 어머니, 가난과 정돈되지 않은 집까지 모든 것이 그녀의 호기심 많고 반쯤은 경멸하는 듯한 거리낌 없고 무심한 태도를 만들어냈다. 그녀는 어떤 일이 벌어져도, 그러니까 보니파티가 설탕이 떨어졌다고 하거나, 추잡한 소문이 퍼졌다거나, 손님들 사이에서 싸움이 벌어지거나 해도 곱슬머리를 저으며 "말도 안 돼!" 하고 내버려둘 뿐이었다.

하지만 말렙스키가 교활한 여우처럼 그녀가 앉은 의자 뒤로 다가가 우아하게 몸을 숙이고 자기 만족에 빠진 듯 아첨하는 미소를 지으며 귓가에 속삭이면, 그녀가 팔짱을 끼고 그를 빤히 쳐다보며 미소 띤 얼굴로 고개 젓는 모습이 피가 거꾸로 솟을 정도였다.

"무슈 말렙스키를 받아들이는 이유가 뭡니까?" 한번은 대놓고 물어보았다.

"아, 그의 콧수염이 아름답거든요." 그녀가 대답했다. "어쨌거나 당신이 상관할 일은 아니에요."

"설마 내가 그를 사랑한다고 생각하나요?" 어느 날 그녀가 내게 물었다. "아니에요! 내가 무시하는 사람을 사랑할 순 없어요. 나를 길들일 수 있는 사람을 원하지만, 음… 그런 사람은 만나지 않을 거예요. 나는 누구의 손에도 잡히지 않을 거예요, 절대로요!"

"그 누구도 절대로 사랑하지 않겠다는 말씀입니까?"

"당신은 어때요? 내가 당신을 사랑하지 않을까요?" 그녀는 묻고 나서 장갑 낀 손으로 내 코를 가볍게 톡 쳤다.

그렇다, 지나이다는 나를 잔인하게 조롱했다. 그녀를 매일 만난 3주 동안 그녀가 내게 하지 않은 일은 없었다. 그녀가 우리 집을 방문하는 일은 드물었지만, 나는 그다지 유감스럽게 생각하지 않았다. 그녀는 우리 집에 오면 귀족 아가씨, 공작의 딸로 변신했고 나는 그녀를 피했다. 어머니한테 들킬까 봐 두려웠기 때문이었다. 어머니는 지나이다를 탐탁지 않아 했고, 교제를 반대하는 시선으로 우리를 쳐다보았다. 아버지는 별로 신경 쓰이지 않았다. 아버지는 내게 관심

없는 듯 행동했고 그녀에게도 많은 이야기를 건네진 않았다. 하지만 그녀와는 뭔가 의미심장해 보였다.

나는 공부도, 독서도, 심지어 집 주변을 산책하거나 말 타는 것도 그만두었다. 다리가 묶인 딱정벌레처럼 사랑하는 별채 주변만 끊임없이 맴돌았다. 마음 같아선 그 집에 영원히 머물고 싶었지만 현실은 불가능했다. 어머니도 잔소리를 했지만 가끔은 지나이다가 나를 밀어내곤 했다. 그럴 때면 방이나 정원 구석에 틀어박히거나, 폐허가 된 높은 석조 온실의 담벼락에 올라가 다리를 대롱거리며 몇 시간씩 길을 내려다볼 뿐이었다.

근처의 쐐기풀 위로 흰 나비가 한가롭게 날아다녔고, 당돌한 아기 참새 한 마리가 반쯤 부서진 붉은 벽돌에 내려앉아 꼬리를 활짝 편 채 쉴 새 없이 몸을 움직이며 시끄럽게 지저귀었다. 훨씬 조심성 많은 까마귀들은 헐벗은 자작나무 꼭대기에 앉아 까악까악 울어대고, 햇살과 바람이 부드럽게 나뭇가지를 스쳤다. 때로는 돈스키수도원에서 평온하면서도 서글픈 종소리가 들려왔다. 나는 그 자리에 앉아 이 광경을 바라보고 종소리를 들으며 기쁨과 환희, 미래에 대한 불안감, 욕망, 삶의 두려움이 혼재된 알 수 없는 감정에 빠져들곤 했다. 그때는 이 모든 걸 이해하지 못했고, 내 안에서 들끓는 이런 감정에 이름을 붙일 수도 없었다. 아니, 이 모든 걸 하나의 이름으로 부를 수 있겠다. 지나이다라는 이름으로.

지나이다는 여전히 고양이가 쥐를 데리고 놀듯 나를 희롱했다. 때때로 교태를 부리면 나는 흥분해서 녹아내렸다. 그러다 갑자기 나를 밀어내기도 했는데, 나는 감히 그녀에게 다가가 쳐다볼 엄두도 내지 못했다. 한번은 며칠 동안 몹시 차갑게 대한 적이 있었다. 나는 완전히 의기소침해져서 겁쟁이처럼 전전긍긍하며 별채로 달려가 공작부인 곁에라도 붙어 있으려 했다. 금전 문제로 두 번이나 경찰서에 가서 진술한 탓에 악을 쓰며 불평불만을 쏟아내는데도 말이다.

어느 날 정원 산책 중에 익숙한 울타리를 지나다 그녀를 보았다. 그녀는 두 팔을 뒤로한 채 꼼짝도 않고 잔디에 앉아 있었다. 종종걸음으로 자리를 피하려 했는데, 그녀가 갑자기 고개를 들더니 도도한 손짓으로 나를 불렀다. 나는 못 박힌 듯 그 자리에 멈춰섰다. 무슨 뜻인지 이해할 수 없었다. 그녀가 다시 손짓했다. 그제야 기쁨에 겨워서 울타리를 뛰어넘어 그녀에게 달려갔다. 하지만 그녀는 눈짓으로 나를 멈춰세우고는 그녀에게서 두 발자국 정도 떨어진 오솔길을 가리켰다. 나는 당황해서 어찌할 줄 몰라 길가에 무릎을 꿇었다. 쓰라린 슬픔, 깊은 피로가 드러난 그녀의 창백한 얼굴에 극심한 아픔을 느끼며 무심결에 말을 건넸다.

"무슨 일인가요?"

지나이다는 손을 뻗어 풀을 뽑아 씹어보고는 멀리 던졌다.

"당신은 나를 많이 사랑하나요?" 마침내 그녀가 물었다. "그런가요?"

나는 아무 대답도 하지 않았다. 그걸 대답해야 할 필요가 있을까?

"그래요!" 그녀가 전처럼 나를 쳐다보며 말했다. "그래요. 똑같은 눈이네요…." 그리고 생각에 빠져 양손으로 얼굴을 가렸다. "모든 게 끔찍해요." 혼잣말처럼 속삭였다. "다른 세상에 갈 수만 있다면! 도저히 못 참겠어요. 바로잡을 도리가 없어요…. 대체 내 앞엔 무엇이 펼쳐져 있을까요? 맙소사, 난 너무 비참해요!"

"무슨 일이에요?" 내가 쭈뼛대며 물었다.

지나이다는 대답하지 않고 그저 어깨만 으쓱했다. 나는 무릎을 꿇은 채 크나큰 고통을 느끼며 그녀를 바라보았다. 그녀의 말 한마디 한마디가 비수처럼 내 가슴에 꽂혔다. 그 순간 그녀의 슬픔을 끝낼 수만 있다면 기꺼이 내 목숨을 내놓을 수도 있다고 생각했다. 그토록 슬퍼하는 이유도 모른 채 그녀를 바라보며, 그녀가 슬픔을 억제하지 못하고 정원을 걷다 갑자기 푹 쓰러지는 모습을 선명하게 떠올렸다. 내 주변은 온통 푸르게 빛나고 있었다. 바람은 나뭇잎을 스치고, 이따금 지나이다 머리 위의 라즈베리 덩굴을 흔들었다. 어디선가 비둘기 떼가 구구거리고 꿀벌들은 듬성듬성한 풀밭을 낮게 날며 웅웅거렸다. 머리 위의 하늘은 푸르고 온화했다. 하지만 나는 지독히도 슬펐다.

"시라도 읊어줘요." 지나이다가 낮은 목소리로 말하며 팔꿈치로 몸을 기댔다. "당신이 시를 읊어주는 게 참 좋아요. 당신은 노래하듯 읊지만 상관없어요. 그게 청춘이니까요. 우선 앉아서 내게 「그루지야의 언덕에서」*를 읊어줘요."

나는 앉아서 「그루지야의 언덕에서」를 낭송했다.

"사랑하지 않을 수 없네." 지나이다가 따라 읊었다. "이것이 시의 역할이죠. 존재하지 않는 걸 우리에게 이야기해요. 실재보다 더 좋게, 그리고 훨씬 더 진실에 가깝게요. '사랑하지 않을 수 없네.' 사랑하지 않아야 하지만 그럴 수밖에 없어요!" 그리고 다시 말을 멈추더니 불쑥 자리에서 일어났다. "가요. 지금 마이다노프 씨가 엄마와 함께 있어요. 오늘 그분이 제게 시집을 가져왔는데 내버려두고 왔지 뭐예요. 지금쯤 그도 상처받았을 거예요. 하지만 어쩌겠어요? 당신도 언젠가는 알겠죠. 다만 내게 화내지는 말아요."

지나이다는 급히 내 손을 잡고는 서둘러 앞으로 달려갔다. 우리는 별채로 돌아왔다.

*러시아의 대문호 푸시킨의 시

마이다노프가 갓 나온 시집 「살인자」를 읽기 시작했지만 나는 듣지 않았다. 그는 약강 4보격을 노래하듯 큰 소리로 읽었다. 썰매의 종소리처럼 낮게 떨리며 압운이 이어졌다. 그러나 나는 지나이다를 바라보며 그녀가 마지막에 한 말의 의미를 이해하려 노력할 뿐이었다.

아니면, 아마 어쩌면, 은밀한 경쟁자가
불시에 그대에게 마법을 건 걸까요.

갑자기 마이다노프가 코맹맹이 소리로 크게 외쳤다. 나와 지나이다의 눈이 마주쳤다. 그녀는 눈을 내리깔고 살짝 얼굴을 붉혔다. 나는 그녀가 얼굴을 붉히는 걸 보고 놀라서 얼어붙었다. 전에도 그녀를 질투했지만 이번에는 그녀가 누군가를 사랑한다는 사실이 머리를 스쳤다. '맙소사, 그녀가 사랑에 빠졌구나!'

X

그 순간부터 진정한 괴로움이 시작되었다. 나는 머리를 싸매고 온갖 가능성을 끊임없이 떠올리고 또 떠올렸다. 그리고 가능한 한 은밀하게 지나이다를 관찰했다. 그녀에게 변화가 찾아온 것은 확실했다. 그녀는 혼자서 오랫동안 산책하고 때로는 손님들을 거절했다. 몇 시간 동안 방에 틀어박히기도 했다. 전에는 한 번도 이런 적이 없었다. 혼자만의 생각일 수도 있지만, 나는 갑자기 엄청난 통찰력을 발휘하기 시작했다.

'저 사람일까? 아니, 어쩌면 이제 아닐지도 몰라.' 그녀의 추종자를 하나씩 떠올려보며 자문자답을 해나갔다. 나는 은연중에 말렙스키 백작을 가장 위험한 인물로 여겼다(이 사람이라고 인정하는 것만으로 지나이다를 볼 낯이 없었지만 말이다).

나는 주위를 둘러보지 못했고, 아마도 나의 비밀은 아무도 속이지 못한 것 같다. 적어도 의사 루신은 이내 나를 간파했다. 그 무렵 그도 달라졌다. 살이 빠졌고 자주 웃기는 하지만 어딘가 공허하고 악의적인 구석이 있는 짧은 웃음이었다. 가벼운 역설과 가장된 냉소가 있던 곳에 자신이 억제할 수 없는 신경질적인 짜증이 자리했다.

“젊은 친구, 어째서 여기저기 헤매고 다니는 거요?” 어느 날 자세킨가의 거실에 우리 둘만 남게 되자 그가 물었다. 공작의 딸은 산책에서 돌아오지 않았고 2층에서는 노부인의 날카로운 목소리가 울렸다. 하녀를 타박하고 있었다. “아직 젊으니 공부도 하고 일도 해야 하는데, 여기서 뭘 하는 겁니까?”

“제가 집에서 공부를 하는지 안 하는지 당신은 모르지 않습니까?” 나는 약간의 오만함에 당혹감을 더해서 반박했다.

“공부를 많이 하긴, 무슨! 마음이 딴 데 있잖소. 아, 비난하려는 건 아니오. 당신 나이에는 자연스러운 일이니까. 하지만 당신의 선택이 현명한 것 같지는 않군요. 이 집이 어떤 집인지 모르겠소?”

“무슨 말씀인지 잘 이해되지 않는군요.”

“이해되지 않는다고요? 그러면 생각보다 더 좋지

않군요. 당신에게 경고하는 것이 나의 의무라고 생각합니다. 나처럼 나이 든 총각들은 이곳에 와도 괜찮습니다. 우리에게 무슨 일이 일어나겠습니까? 이미 풍파를 겪을 만큼 겪은 사람들인 걸요. 하지만 당신은 우리처럼 인생 경험이 많지 않소. 당신은 때 묻지 않은 사람입니다. 이 집의 공기는 당신에게 해로워요. 내 말을 믿어요. 감염될 수도 있단 말이오."

"무슨 말씀입니까?"

"말 그대로요. 지금 괜찮습니까? 정상 상태냔 말입니다. 지금 당신의 감정이 건전하고 이롭다고 생각합니까?"

"아니, 내가 뭘 느낀다는 거죠?" 말은 이렇게 했지만, 그 의사가 옳다는 걸 마음속으로는 알고 있었다.

"아, 젊은 친구여, 젊은 친구." 의사는 상당한 모욕의 의미가 담긴 표정으로 나를 쳐다보며 말을 이었다. "나에게 그래봤자 소용없소. 이런, 다행히도 당신은 생각하는 것이 얼굴에 그대로 드러나는군. 말한다고 뭐가 좋을까 싶지만. 나라면 제 발로 여기 오지 않았을 거요. 만일…." 의사는 이를 악물었다. "만일 내가 그리 미치지 않았더라면 말이오. 내가 놀라운 건 이거요. 당신처럼 똑똑한 사람이 어떻게 주변에서 벌어지는 일은 못 보냐는 것이오."

"아니, 무슨 일이 벌어지고 있다는 겁니까?" 나는 안절부절못하며 그의 말에 반박했다.

의사는 조롱과 동정심이 섞인 시선으로 나를 쳐다보았다.

"하지만 나도 할 말은 없지." 그가 혼잣말처럼 내뱉었다. "한마디로." 목소리를 높이며 덧붙였다. "다시 말하는데, 이 집의 공기는 당신에게 해롭습니다. 당신은 이곳이 좋겠죠. 글쎄, 어쩌라는 거냐고요? 온실에서는 좋은 향기가 나지만, 그 안에서 살 수는 없는 법입니다. 그러니 내 조언을 귀담아듣고 카이다노프의 책으로 돌아가세요."

그때 공작부인이 들어와 치통이라며 의사에게 불평을 늘어놓기 시작했다. 마침 지나이다가 모습을 나타냈다.

"의사 선생." 공작부인이 말을 이었다. "저 아이한테 따끔하게 얘기해주세요. 하루 종일 얼음물만 마신답니다. 심장도 약한데 그러면 되겠어요?"

"왜 그러시는 겁니까?" 루신이 물었다.

"아니, 나한테 무슨 일이 있겠어요?"

"무슨 일이 있겠냐고요? 감기에 걸려 죽을 수도 있습니다."

"정말요? 그럼 그렇게 되라죠 뭐."

"정말요? 그래서 이러는 거군요." 의사가 퉁명스럽게 받았다.

공작부인은 방을 나갔다.

"그래요, 그래서 이런 거예요." 지나이다가 그의 말을 반복했다. "인생이 그렇게 즐거운가요? 주위를 둘러보세요…. 그렇게 아름다운가요? 내가 그걸 이해하지도, 느끼지도 못한다고 생각하죠? 나는 얼음물을 마실 때 즐거움을 느껴요. 그런데 당신은 나 같은 삶은 순간의 즐거움을 위해 위험을 감수할 가치가 없다고 진심으로 주장하실 수 있나요? 행복에 대해선 말할 것도 없고요."

"네, 알겠습니다." 루신이 냉정하게 말했다. "변덕과 독립심. 당신은 이 두 단어로 채워져 있습니다.

당신의 본성은 이에 따라 움직이지요."

지나이다가 신경질적으로 웃기 시작했다. "요점을 놓치셨군요, 의사 선생님. 훌륭한 관찰자라고 할 수 없겠어요. 너무 늦네요. 안경을 쓰세요. 지금은 그런 변덕을 부릴 겨를이 없어요. 당신을 바보 취급하고 나를 바보 취급하고… 그럴수록 재미있죠. 독립심에 대해선… 무슈 볼데마르." 지나이다가 발을 굴러 갑자기 나를 불렀다. "그렇게 슬픈 표정 짓지 말아요. 사람들이 날 동정하는 건 참을 수 없어." 그러고는 급히 자리를 떠버렸다.

"해로워요. 이 집 공기는 당신에게 해로워요, 젊은 친구." 루신이 내게 다시 말했다.

XI

그날 저녁 자세킨가에 늘 보던 손님들이 모였다. 나도 그중 하나였다. 이번엔 마이다노프의 시를 놓고 이야기를 나누었다. 지나이다는 진심으로 그의 시를 칭찬했다.

"그런데 말이죠." 그녀가 시인에게 말했다. "내가 시인이라면 다른 주제를 택했을 거예요. 말도 안 되는 소리겠지만 가끔 이상한 생각이 들곤 해요. 특히 아침이 밝아오기 전까지 잠을 못 이룰 때, 하늘이 분홍빛과 회색빛으로 물들기 시작할 때 말이죠. 예를 들어 나라면… 이런 얘기 한다고 절 비웃진 않으시겠죠?"

"아뇨, 전혀요." 우리는 입을 모아 외쳤다.

"나라면." 그녀는 팔짱을 끼고 먼 곳을 응시하며 말을 이었다. "나라면 한밤의 고요한 강에서 큰 배에 타고 있는 아가씨들의 모습을 묘사할 거예요. 달빛이 빛나고, 그녀들은 흰 옷에 흰 꽃으로 만든 화관을 쓰고 노래 부르죠. 있잖아요, 찬송가 같은 노래."

"알겠어요, 알겠어. 계속 얘기해봐요." 마이다노프가 의미심장하면서도 꿈꾸는 듯한 목소리로 말했다.

"그런데 갑자기 강가에서 시끄러운 소리가, 왁자지껄한 웃음소리, 횃불 타는 소리, 악기 소리가 들려와요. 강둑을 따라 노래 부르고 큰 소리로 외쳐대는 바쿠스의 연회죠. 이제 이 장면을 그리는 건 당신의 몫이에요, 시인 선생님. 전 횃불이 붉게 타오르며 연기를 마구 내뿜고, 바쿠스의 여사제들이 화관 아래서 두 눈을 반짝이는 모습이면 좋겠어요. 화관은 짙어야 해요. 호랑이 가죽과 술잔, 황금, 그것도 아주 많은 황금도 잊으면 안 돼요."

"황금은 어디에 있어야 할까요?" 마이다노프가 긴 머리카락을 뒤로 넘기고 콧구멍을 벌렁거리며 물었다.

"어디냐고요? 어깨, 팔, 다리, 모든 곳이죠. 고대에는 여성들이 발목에도 황금 발찌를 찼다고 해요. 바쿠스의 여사제들이 배에 탄 아가씨들을 불러요. 아가씨들은 노래를 멈추죠. 노를 젓지도 않아요. 강물이 그들이 탄 배를 강둑으로 데려다주죠. 그런데 갑자기 그 아가씨들 중 하나가 조용히 떠올라요. 이 부분은 반드시 아름답게 묘사해야 해요. 달빛 아래 조용히 떠오르는 모습과 그녀의 친구들이 놀라는 모습 같은 거 말이죠. 그녀는 배 가장자리를 넘어섰어요. 바쿠스의 여사제들이 그녀를 둘러싸고 뱅뱅 돌며 짙은 어둠 속으로 데려가요. 연기가 앞을 가리고 사방이 혼란에 휩싸인 이 부분을 묘사해야 해요. 아가씨들의 비명이 들리고 강둑에는 그녀의 화관만 덩그러니 남아 있죠."

지나이다가 말을 멈췄다. (그녀가 사랑에 빠졌다는 생각이 또다시 나의 뇌리를 스쳤다.)

"그게 끝인가요?" 마이다노프가 물었다.

"그게 전부예요." 그녀가 대답했다.

"장편 서사시로 쓰기엔 내용이 충분하지 않습니다." 그가 거만하게 말했다. "그렇지만 당신의 아이디어로 서정시를 써볼게요."

"낭만주의풍으로요?" 말렙스키가 물었다.

"그렇소. 물론 낭만주의풍이오. 그중에서도 바이런 스타일이죠."

"제 생각엔 빅토르 위고가 바이런보다 나은 것 같

은데요." 젊은 백작이 툭 내뱉었다. "더 흥미롭지요."

"위고는 일류 작가입니다." 마이다노프가 대답했다. "내 친구 톤코셰예프가 스페인어로 쓴 소설「엘 트로바도르」에서…."

"아, 물음표가 거꾸로 쓰인 그 책 말씀인가요?" 지나이다가 끼어들었다.

"네. 스페인식 표기법이죠. 제가 말하려는 건 톤코셰예프가…."

"그러니까 당신은 고전주의니 낭만주의니 하는 걸로 또다시 논쟁을 하자는 거군요." 지나이다가 다시 그의 말을 끊었다. "그러지 말고 게임이나 해요."

"벌칙 게임 말입니까?" 루신이 물었다.

"아뇨. 벌칙 게임은 이제 지겨워요. 비유 게임을 하죠." (지나이다가 스스로 고안해낸 게임인데, 사물의 이름을 말하면 그걸 다른 데 비유하는 것이다. 비유를 가장 잘한 사람이 상을 받는다.) 그녀는 창가로 다가갔다. 이제 막 해가 져서 붉은 구름이 하늘 높이 길게 떠 있었다.

"저 구름은 무엇을 닮았나요?" 지나이다가 질문

을 던지더니 우리의 대답을 기다리지도 않고 직접 대답했다. "제 생각엔 클레오파트라가 안토니우스를 만나러 가던 황금빛 배의 보랏빛 돛 같아요. 기억나세요, 마이다노프 씨? 얼마 전에 제게 이 이야기를 들려주셨잖아요."

우리 모두 「햄릿」의 폴로니우스*처럼 이 구름이 바로 그 돛 같다고 생각했으며, 우리 가운데 누구도 더 나은 비유를 찾지 못했다.

"그때 안토니우스는 몇 살이었나요?" 지나이다가 물었다.

"분명 청년이었을 겁니다." 말렙스키가 대답했다.

"그래요, 청년이었죠." 마이다노프가 자신 있게 맞장구쳤다.

"죄송합니다만 마흔이 넘은 나이였소." 루신이 외쳤다.

"마흔이 넘었다고요." 지나이다가 그를 휙 쳐다보며 같은 말을 반복했다.

나는 곧 집으로 돌아왔다. "그녀는 사랑에 빠졌

*햄릿이 구름을 보고 낙타, 족제비, 고래 같다고 하자 연거푸 맞장구친다.

어." 나도 모르게 입술이 속삭였다. "그런데 상대가 누구지?"

XII

시간이 흘러갔다. 지나이다는 점점 더 이상해지고 점점 더 알 수 없어졌다. 그녀를 찾아간 어느 날, 그녀가 날카로운 책상 모서리에 머리를 대고 고리버들 의자에 앉아 있는 모습을 보았다. 그녀가 자세를 고쳐앉았다. 얼굴이 온통 눈물범벅이었다.

"아, 당신이군요!" 그녀가 고통스러운 미소를 지으며 말했다. "이리 와요."

그녀에게 다가가자 내 머리에 손을 집어넣고는 갑자기 내 머리카락을 잡아 배배 꼬기 시작했다.

"아파요." 내가 참다못해 말했다.

"아, 아프군요? 그러면 나는 아프지 않다고 생각해요? 나는 아프지 않겠냐고요?" 그녀가 같은 말을 반복했다. "앗!" 뽑힌 머리카락을 보고선 갑자기 비명을 질렀다. "내가 무슨 짓을 한 거지? 가여운 무슈 볼데마르." 그녀는 뽑힌 머리카락을 조심스레 펴더니 반지처럼 자신의 손가락에 감았다. "내 펜던트에 이 머리카락을 넣어서 걸고 다닐게요." 이렇게 말하는 그녀의 눈에 눈물이 가득 고여 있었다. "이렇게 하면 당신에게 조금이라도 위로가 되겠지요…. 그럼, 이제, 잘 가요."

집으로 돌아왔는데 분위기가 좋지 않았다. 어머니는 아버지와 '결판을 내려' 하고 있었다. 어머니는 무언가에 대해 아버지를 비난했고, 아버지는 늘 그렇듯 예의 바르게 차가운 침묵을 지키다 곧 나가버렸다. 어머니의 말은 귀에 들어오지 않았고, 그럴 기분도 아니었다. 어머니가 서재로 불러서 내가 공작부인의 집에 자주 드나드는 것이 몹시 거슬린다고 말한 기억뿐이다. 어머니는 공작부인이 '무슨 짓이든 할 수 있는 여자'라고 했다. 나는 어머니 손에 입을 맞추고(대화를 끝내고 싶을 때 하는 행동이다) 내 방으로 올라갔다.

지나이다의 눈물이 나를 힘들게 했다. 어떻게 이해해야 할지 알 수 없어서 눈물이 쏟아질 지경이었다. 열여섯 살이지만 어쨌든 나는 아직 어린 아이에 지나지 않았다. 벨롭조로프가 양을 노리는 늑대처럼 사나운 눈으로 약삭빠른 백작을 노려봤지만, 나는 더 이상 말렙스키에 대해 생각하지 않았다. 나는 아무것도, 누구에 대해서도 생각하지 않았다. 쓸모없는 생각에 빠져 한적한 곳만 찾아다녔다. 특히 폐허가 된 온실을 좋아했다. 높은 담에 올라가 고독과 절망, 비탄에 젖어 괴로워하는 젊은이처럼 앉아 있다가 자기 연민에 휩싸이곤 했다. 우울한 감정에 취해 허우적대며 이 감정을 만끽했다.

어느 날 담에 앉아서 먼 곳을 바라보며 종소리를 듣고 있었다. 그런데 갑자기 나를 바라보는 시선이 느껴졌다. 부드러운 바람보다 온화한 오싹하지 않은 느낌 그리고 숨결은 거의 느껴지지 않았지만 누군가 다가오는 듯했다. 아래쪽 길을 내려다보았다. 옅은 회색 드레스에 분홍색 양산을 어깨에 걸친 지나이다가 빠른 걸음으로 걸어오고 있었다. 그녀는 나를 보곤 걸음을 멈추더니 밀짚모자 챙을 젖히고 고개를 들어 부드러운 눈동자로 바라보았다.

"그렇게 높은 데서 뭘 하나요?" 그녀가 어색한 미소를 지으며 물었다. "당신은 언제나 말했죠." 말을 이어나갔다. "나를 사랑한다고. 그럼 지금 나를 향해 뛰어내려요. 당신이 나를 진정으로 사랑한다면."

지나이다가 이 말을 채 끝내기도 전에 누군가 나를 뒤에서 떠민 듯 아래로 뛰어내렸다. 담은 4미터 높이였다. 발이 땅에 닿은 순간 충격이 너무 커서 균형을 잡을 수 없었다. 넘어져서 잠깐 정신을 잃었다. 아직 눈을 뜨지는 않았지만, 정신을 차리자 내 곁에 지나이다가 있는 것이 느껴졌다.

"사랑스러운 소년 같으니라고." 그녀가 나를 향해 몸을 숙이고 말했다. 목소리에 다정한 근심이 가득 배어 있었다. "어떻게 그럴 수 있어요? 어떻게 내 말대로 할 수 있어요? 언제쯤 당신은 내가 당신을 사랑하는 걸 알아줄까요…. 오, 어서 일어나요."

내 옆에서 그녀의 가슴이 오르내리고, 그녀의 손이 내 머리를 쓰다듬더니, 갑자기, 그 순간 대체 무슨 일이 일어난 건지, 그녀의 부드러운 입술이 내 얼굴에 키스를 퍼부었다. 그녀의 입술이 내 입술에 닿았을 때, 지나이다는 비록 눈을 꼭 감았지만 얼굴에 떠오른 표정을 보고 내가 정신 차린 걸 깨달았는지 즉시 몸을 일으키며 말했다. "어서 일어나요, 이 장난꾸러기, 바보. 왜 이런 먼지 구덩이에 누워 있는 거죠?"

나는 몸을 일으켰다.

"양산을 집어줘요." 지나이다가 부탁했다. "내가 그걸 어디에 던져버렸는지 보이죠? 그런 눈으로 쳐다보지 말아요. 정말 어리석은 짓이었어요. 다치진 않았어요? 엉겅퀴에 찔린 것 같은데…. 그렇게 쳐다보지 말랬죠…. 이해를 못 하네. 아무 대답도 하지 않고." 그녀가 혼잣말하듯 말했다. "집으로 가요, 무슈 볼데마르. 깨끗이 씻고요. 나를 따라올 생각은 하지도 말아요. 그러면 정말 화내고, 절대 다시는…."

그녀는 말을 끝맺지 않고 재빨리 자리를 떴다. 나는 길에 맥없이 주저앉았다. 다리가 풀렸다. 팔은 엉겅퀴에 찔리고, 등은 욱신대고, 머리도 어질어질했지만, 그 순간 평생 다시 느껴보지 못한 지극한 행복감을 경험했다. 그 감정은 달콤한 고통으로 팔다리를 타고 흐르다가 마침내 환희에 가득 차서 뛰어오르고 소리 지르며 발산되었다. 난 정말 아직 어린아이였다.

XIII

그날은 하루 종일 즐겁고 자랑스러운 기분이었다. 지나이다의 입맞춤 감각이 생생하게 남아 있었다. 그 황홀함과 함께 그녀의 말 한마디 한마디를 기억해내며 예기치 않은 행복을 부드럽게 품다가, 심지어 이 새로운 감각을 만들어낸 작가를 다시 보지 않는 편이 낫겠다는 걱정도 했다. 더 이상 운명에 바랄 것이 없고, 이제 '가서 마지막으로 달콤한 숨을 깊게 들이마신 뒤 죽는 것'밖에 남지 않았다는 생각이 들었다.

하지만 다음 날 별채에 갔다가 몹시 당황하고 말았다. 비밀을 지키는 남자로 보이고 싶어서 차분하고 당당한 체했던 노력이 허사로 돌아간 것 같았다. 지나이다는 아무런 감정도 드러내지 않고 담담하게 나를 맞이했다. 나를 향해 손가락을 젓고는 여기저기 멍들지 않았는지 물었다. 나의 변변찮은 당당함과 비밀스러움은 당혹감과 함께 즉시 사라져버렸다. 물론 특별한 걸 기대하지는 않았다. 하지만 지나이다의 평온한 모습이 훨씬 더 차갑게 느껴졌다. 지나이다는 방을 서성거리며 나와 눈이 마주칠 때마다 찰나의 미소를 보내곤 했다. 하지만 그녀의 마음은 전혀 딴 곳에 있었고, 나는 그 사실을 분명히 느꼈다.

어제 일을 꺼내며 어디를 그리 황급하게 가는 길이었는지, 결국 볼일은 봤는지 물어볼까도 생각했다. 하지만 그럴 수 없었다. 그냥 넘기기로 하고 구석에 앉았다.

벨롭조로프가 들어왔다. 그를 만나니 기뻤다.

"당신에게 알맞은 순한 말을 찾지 못했습니다." 그가 퉁명스레 말했다. "프레이타크가 보장한 말이 하나 있긴 했는데 안심이 되지 않더군요. 염려스러워요."

"뭐가 염려스러운지 여쭤봐도 될까요?" 지나이다가 물었다.

"뭐가 염려스럽다니요? 이런, 당신은 말을 탈 줄 모르지 않습니까? 무슨 일이 생길지 어떻게 알아요. 그런데 무슨 바람이 불어서 갑자기 이런 생각을 한 겁니까?"

"그건 개인적인 사정이에요, 야수 씨. 그렇다면

표트르 바실리예비치에게 부탁하지요." (표트르 바실리예비치는 아버지 이름이다. 아버지가 언제든 도움을 줄 거라고 확신하는 듯 쉽고 가볍게 그 이름을 꺼내는 걸 보고 놀라지 않을 수 없었다.)

"알겠습니다." 벨롭조로프가 대답했다. "당신이 함께 말을 타고 싶은 상대는 그 사람이군요."

"그와 함께든 다른 사람이든 당신하곤 상관없지 않나요? 어쨌거나 당신이랑 함께 타지는 않을 테니까요."

"나하곤 아니란 거죠." 벨롭조로프가 포기한 듯 말했다. "원하신다면 말을 데려다드리죠."

"좋아요. 하지만 늙은 암소 같은 말을 안 돼요. 말해두는데 나는 말을 달리고 싶은 거라고요."

"전속력으로 달리신다…. 그러면 누굽니까? 말렙스키와 함께 타려는 겁니까?"

"그분이면 안 될 이유라도 있나요, 전사 씨? 이제 안심하세요." 그녀가 덧붙였다. "그렇게 쏘아보지 말고요. 당신도 데려갈 테니까요. 당신도 알잖아요. 말렙스키가 요즘 나에게…. 피!" 그러더니 고개를 저었다.

"당신은 나를 달래려고 그런 말을 하는 겁니다." 벨롭조로프가 투덜거렸다.

지나이다가 눈썹을 찌푸렸다. "당신을 달랜다고요? 아… 아… 이런… 전사 씨!" 다른 말을 찾지 못한 듯 결국 이렇게 끝맺었다. "그런데 무슈 볼데마르, 당신도 우리와 함께 가시겠어요?"

"저는… 여럿이 있는 걸… 좋아하지 않습니다." 나는 눈을 들지 못하고 웅얼댔다.

"아, 당신은 '단둘이 있는 걸' 더 좋아하는군요? 그럼요, 사람은 자유로울 자유가 있으니까요. 마음대로 하세요." 그녀가 한숨을 내쉬며 말했다. "가보세요. 그리고 벨롭조로프 씨, 부탁해요. 내일 반드시 말이 필요하니까요."

"그런데 돈은 어디서 나는 거니?" 공작부인이 끼어들었다.

지나이다가 인상을 찌푸렸다. "어머니께 달라고 하지 않잖아요. 벨롭조로프 씨는 저를 신용하거든요."

"너를 신용한다, 너를 신용한다고…." 노부인이 투덜거리다 갑자기 목소리를 한껏 높여서 소리 질렀다. "두냐슈카!"

"어머니, 제가 작은 종을 드렸잖아요." 지나이다가 당황해하며 말했다.

"두냐슈카!" 노부인이 다시 소리를 질렀다.

벨롭조로프가 작별 인사를 했다. 나도 그와 함께 나왔는데… 지나이다는 나를 붙잡는 시늉도 하지 않았다.

XIV

다음 날 아침 일찍 일어나 지팡이 하나를 깎아 들고 관문 밖으로 나갔다. 산책이라도 하면 슬픔이 사라지지 않을까. 너무 덥지 않은 화창하고 아름다운 날이었다. 산뜻한 바람이 나직이 웅얼대며 부드럽게 대지를 배회하면서 아무것도 방해하지 않고 가볍게 만물을 스쳤다.

한참 동안 산과 숲을 헤매고 돌아다녔다. 행복하지 않았다. 우울에 나 자신을 맡길 계획으로 집을 나섰지만, 젊음과 아름다운 날씨, 신선한 공기, 빠른 걸음에서 오는 즐거움, 무성한 풀밭에 홀로 누운 유쾌함이 기분을 싹 바꿔놓았다. 잊을 수 없는 그녀의 말과 입맞춤의 기억이 다시 내 영혼을 뚫고 들어왔다. 어쨌거나 지나이다도 나의 결심과 영웅적인 행동을 인정하지 않을 수 없을 거라는 생각이 들자 기분이 좋아졌다. 다른 사람들이 나보다 더 그녀를 기쁘게 한다면, 그렇게 두자! 어차피 그들은 말뿐일 테니까. 하지만 나는 행동에 옮겼고… 그녀를 위해 더한 일도 할 수 있으니까.

적의 손에서 그녀를 구한다든지, 피범벅이 된 채 어두운 지하 감옥에서 그녀를 탈출시킨 뒤 그녀의 발밑에서 죽는 장면을 상상했다. 우리 집 거실에 걸린 그림이 떠올랐다. 말레크 아델이 마틸다를 구출하는 장면이었다*. 그러다가 크고 알록달록한 딱따구리에 정신이 팔렸다. 자작나무 가지를 바쁘게 오르내리다 악기의 목을 잡은 더블베이스 연주자처럼 나뭇가지 뒤에서 불안한 듯 나를 좌우로 쳐다보았다.

그러고 나선 「하얗지 않은 눈」을 부르다 한창 유행하는 「제피로스가 장난칠 때 나는 그대를 기다리네」를 불렀다. 이어서 호먀코프의 비극 중에서 예르마크가 별을 향해 독백하는 대사를 읊기 시작했다. 그러다 감상적인 자작시를 쓰기로 했다. 심지어 시의 마지막은 '…오, 지나이다! 지나이다!'로 하겠다는 생각까지 했지만, 결국 한 줄도 쓰지 못했다.

*프랑스 작가 소피 코탱 부인이 1805년에 발표한 소설 「마틸다」의 두 주인공. 3차 십자군 원정을 배경으로 사자왕 리처드의 여동생 마틸다와 술탄 살라딘의 형제 말레크 아델의 사랑 이야기다.

저녁 시간이 다가와서 계곡 쪽으로 내려갔다. 계곡을 돌아 난 좁은 모랫길이 마을까지 이어졌다. 그 길을 따라 걷는데, 등 뒤에서 둔탁한 말발굽 소리가 들려왔다. 뒤를 돌아보는 순간 나도 모르게 걸음을 멈추고 모자를 벗었다. 아버지와 지나이다였다. 두 사람은 나란히 말을 타고 있었다. 아버지는 한 손으로 말의 목덜미를 잡은 채 그녀 쪽으로 몸을 돌려 뭔가 말하고 있었다. 아버지는 미소를 지었고, 지나이다는 눈을 내리깔고 입술을 꼭 다문 채 조용히 아버지의 말을 듣고 있었다. 처음에는 두 사람의 모습만 보이더니 잠시 후 기병의 외투까지 걸친 제복 차림의 벨롭조로프가 입에 거품을 문 검은 말을 타고 나타났다. 그 우아한 말은 머리를 흔들고 껑충거리며 콧김을 뿜었다. 기수가 말을 제어하며 박차를 가했다.

나는 한쪽으로 물러나 그들에게 길을 내주었다. 아버지가 고삐를 잡고 지나이다에게 기울였던 몸을 일으켰다. 그녀가 아버지를 향해 천천히 눈을 들자 그들은 말을 달려나갔다.

벨롭조로프가 검을 짤랑대며 그들을 쫓았다. 얼

굴이 랍스터처럼 새빨갰다. 그런데 지나이다는 왜 그렇게 창백하지? 아침 내내 말을 타서, 그래서 그렇게 창백한 걸까?

평상시보다 두 배는 빠르게 걸어 식사 시간 전에 집에 도착했다. 아버지는 벌써 상쾌하게 씻고 옷을 갈아입고서 어머니 의자 옆에 앉아 단조롭고 낭랑한 목소리로 「주르날 데 데바Journal des Debats」* 의 연재소설을 읽어주고 있었다. 어머니는 건성으로 듣다가 나를 보자 하루 종일 뭘 하며 돌아다닌 거냐고 물었다. 그러고는 대체 내가 누구랑 어디를 돌아다니는지 모르겠다면서 도통 마음에 들지 않는다고 덧붙였다. "저 혼자 다녔어요"라고 말하려다 아버지를 보고는 왠지 그냥 입을 다물었다.

*1789년 파리에서 창간된 언론지

XV

그 후 대엿새 동안 지나이다를 보지 못했다. 그녀는 몸이 좋지 않다고 했지만, 별채의 '단골손님'들은 계속 찾아와 비위를 맞춰주었다. 마이다노프만 예외였다. 그는 열광할 일이 없어지자마자 지루하고 우울해했다. 벨롭조로프는 목까지 단추를 채우고 얼굴을 붉힌 채 부루퉁한 표정으로 방구석에 앉아 있었다. 말렙스키 백작의 섬세한 얼굴에는 종종 악의에 찬 미소가 희미하게 떠오르곤 했다. 그는 지나이다의 눈 밖에 나서 지금은 지극히 정성스레 공작부인을 섬기며 마차를 빌려 주지사를 찾아가는 공작부인을 동행하기도 했다. 사실상 이 방문은 성과를 거두지 못했고 말렙스키 입장에선 오히려 불쾌한 일만 생긴 셈이었다. 그와 공병장교들이 연루된 오래전 스캔들이 다시 거론된 것이다.

루신은 하루에 한두 번씩 들렀지만 그리 오래 머물지는 않았다. 지난번 단둘이 이야기를 나눈 뒤부터 그가 좀 두려워진 동시에 순수하게 끌리기도 했다. 한번은 그와 함께 네스쿠츠니공원을 산책하는데, 매우 친절하고 쾌활하게 다양한 꽃과 나무의 이름과 특징을 알려주었다.

그러다 갑자기, 정말 아무 상관 없이 이마를 치며 외쳤다. “이런, 난 정말 바보로군. 그녀가 바람둥이라고 생각하다니! 누군가는 자신을 희생하는 것이야말로 지극한 행복일 텐데!”

“무슨 말씀을 하려는 건가요?” 내가 물었다.

“당신에게 하려던 말이 아닙니다.” 루신이 퉁명스레 대답했다.

지나이다는 나를 피했다. 나라는 존재가 그녀를 불편하게 만든다는 사실을 눈치 채지 않을 도리가 없었다. 그녀는 자기도 모르게 나에게서 등을 돌렸다. 자기도 모르게라니. 씁쓸하고 참담한 기분이었다. 하지만 내가 할 수 있는 건 아무것도 없었다. 그녀 눈에 띄지 않으려고 애쓰며 멀리서 지켜보려 했지만 언제나 그럴 수 있는 건 아니었다.

전처럼 내가 헤아릴 수 없는 일이 그녀에게 일어

나고 있었다. 얼굴 표정이 달라지고 완전히 다른 사람이 되어갔다. 그녀에게 일어나는 변화는 나에게 엄청난 충격을 주었다. 따뜻하고 고요한 저녁, 넓게 퍼진 관목 덤불 아래 낮은 의자에 앉아 있을 때였다. 나는 정원의 이 구석진 자리를 좋아했다. 그 자리에서는 지나이다의 방 창문이 보였기 때문이다. 그 자리에 앉아 있노라니 머리 위 짙은 나뭇잎 사이에서 작은 새가 부산하게 종종거리고, 회색 고양이는 등을 펴면서 어슬렁어슬렁 정원으로 기어나왔다. 이미 밝지는 않지만 아직 투명한 대기 속에서 어린 딱정벌레들이 웅웅거렸다. 그 자리에서 지나이다의 창문을 바라보며 혹시 열리지 않을까 기다렸다. 그리고… 정말로 창문이 열리고 지나이다가 내 앞에 나타났다.

그녀는 몸에 걸친 흰 드레스만큼 창백해 보였다. 얼굴도, 어깨도, 팔도 창백했다. 거의 모든 것이 하얗게 보였다. 그녀는 한참을 미동도 없이 서서 눈썹을 찌푸린 채 눈 한번 깜박이지 않고 앞을 빤히 바라보았다. 지금껏 보지 못한 모습이었다. 그러다 꽉 쥔 주먹을 입술과 이마에 갖다대고는 갑자기 손가락을 비틀더니 관자놀이부터 머리카락을 뒤로 넘기며 머리를 쳐들었다. 단호한 결심이라도 한 듯 고개를 끄덕이고는 창문을 쾅 닫아버렸다.

사흘 후 정원에서 그녀를 만났다. 피해 가려는데 그녀가 나를 불러세웠다.

"손 좀 줘봐요." 그녀가 예의 다정한 태도로 말했다. "우리 한참 동안 얘기를 나누지 않았군요."

나는 그녀를 쳐다보았다. 눈동자는 부드럽게 반짝이고 얼굴에는 희미한 미소가 떠올랐다.

"아직도 몸이 불편한가요?" 내가 물었다.

"아뇨. 이제 다 나았어요." 그녀가 대답하며 조그만 붉은색 장미를 꺾었다. "조금 지쳤을 뿐이에요. 곧 나아지겠죠."

"그럼 예전의 당신으로 돌아가는 건가요?"

지나이다는 장미를 얼굴로 들어올렸다. 그녀의 뺨에 꽃잎의 그림자가 선명하게 드리운 것 같았다.

"내가 변했나요?" 그녀가 물었다.

"네, 그래요." 내가 목소리를 낮추며 대답했다.

"내가 당신을 차갑게 대했죠. 나도 알아요." 지나

이다가 이야기를 시작했다. "하지만 당신은 그런 데 신경 쓰지 말아요. 난 그럴 수밖에 없었답니다. 아니, 무슨 할 말이 더 있겠어요?"

"당신은 내가 당신을 사랑하는 게 싫다, 이 말이죠!" 마음과 달리 우울하게 내뱉고 말았다.

"아니에요, 나를 사랑해 줘요. 하지만 예전처럼은 말고요."

"그럼 어떻게 해야 하나요?"

"우리, 친구가 돼요. 바로 그거예요." 지나이다가 나에게 장미를 내밀어 향을 맡게 했다. "들어봐요. 난 당신보다 훨씬 나이가 많답니다. 당신 이모뻘, 아니 이모는 아닐 테고, 큰누나뻘이에요. 그런데 당신은…."

"당신은 나를 어린 어린아이로만 봅니다." 내가 말을 끊었다.

"그래요, 어린아이지요. 하지만 내가 굉장히 사랑하는 예쁘고 착하고 총명한 아이랍니다. 내 말 들어봐요. 오늘부터 당신을 나의 시동으로 임명할게요. 시동은 주인 곁에서 떨어지면 안 된다는 걸 명심해요. 이건 당신에게 새로운 지위를 내린다는 표식이에요." 그녀는 내 재킷의 단춧구멍에 장미를 꽂으며 덧붙였다. "우리 사이의 은혜로운 총애에 대한 표식이죠."

"이전의 총애는 다른 식이었지요." 내가 웅얼거렸다.

"아!" 지나이다가 짧게 외치고는 곁눈질로 나를 쳐다보았다. "기억력도 좋군요. 그래요, 이제 난…." 나에게 몸을 숙여 내 이마에 순수하고 평온한 입맞춤을 해주었다.

나는 그녀를 쳐다보지 못했다.

"따라와요, 시동님." 그녀는 몸을 돌려 별채를 향해 걸어갔다.

그녀를 따라가면서도 도통 이해되지 않았다. '이렇게 온화하고 분별력 있는 아가씨가 내가 전에 알던 지나이다 맞나?' 하는 생각이 떠나질 않았다. 발걸음은 더 조용해지고 자태는 더욱 위엄 있게 우아해진 것 같았다. 세상에! 내 안에서 사랑은 새로운 힘으로 불타올랐다!

XVI

점심 식사 후 별채에 다시 사람들이 모여들었고, 공작의 딸이 내려와 같이 어울렸다. 잊을 수 없는 첫날 저녁처럼 모두가 자리했다. 심지어 니르마츠키도 왔고 마이다노프는 다른 사람들보다 먼저 도착했다. 새로운 시 한 편과 함께였다. 다시 벌칙 게임을 했지만, 이번에는 전처럼 기이한 행동이나 바보짓, 왁자지껄한 소리는 없었다. 집시처럼 흥겨운 분위기는 사라졌다.

지나이다는 그날 저녁 모임에 다른 분위기를 불어넣었다. 나는 시동 자격으로 그녀 옆에 앉았다. 분위기가 무르익자 그녀가 벌칙으로 꿈 이야기를 하자고 제안했다. 하지만 이번엔 성공적이지 못했다. 지루하거나(벨롭조로프의 꿈은 말에게 잉어를 먹였는데 알고 보니 그 말의 머리가 나무였다는 내용이었다) 억지스럽게 꾸며낸 이야기였다. 마이다노프는 무덤, 리라를 든 천사, 말하는 꽃, 멀리서 들려오는 음악 소리가 등장하는 완벽하게 낭만적인 이야기를 들려주었다.

지나이다가 그의 말을 끊고 끼어들었다. "이야기를 지어내야 하는 상황까지 되었으니 이제부터 지어낸 이야기를 해보죠."

또다시 벨롭조로프부터 시작했다. 젊은 기병은 몹시 당황해서 외쳤다. "전 이야기를 만들어낼 줄 모릅니다."

"말도 안 돼요!" 지나이다가 그의 말을 받아서 대답했다. "예를 들어 당신이 결혼했다고 상상해봐요. 그리고 아내와 결혼 생활을 어떻게 꾸려갈지 얘기해줘요. 당신은 아내를 가두어둘 건가요?"

"그럴 겁니다."

"그러면 당신도 그녀와 함께 갇힐 건가요?"

"그럼요. 나도 하루 종일 그녀와 함께 갇혀 있을 겁니다."

"굉장하군요. 그녀가 이런 상황에 질려서 당신을 속인다면요?"

"그녀를 죽일 겁니다."

"그녀가 도망친다면요?"

"쫓아가서 어쨌거나 그녀를 죽일 겁니다."

"알겠어요. 그러면 내가 당신의 아내라고 생각해 보세요. 그러면 어떻게 하실 거예요?"

벨롭조로프는 잠시 말을 잇지 못하다 마침내 입을 열었다. "그러면 자살하겠습니다."

지나이다가 웃음을 터뜨렸다. "당신의 이야기는 굉장히 빨리 끝나네요."

두 번째로 벌칙을 받게 된 사람은 지나이다였다. 그녀는 눈을 들어 천장을 바라보며 생각하다 마침내 이야기를 시작했다. "내가 생각해낸 이야기를 들어보세요. 여름밤 화려한 궁전에서 펼쳐지는 멋진 무도회를 상상해봐요. 젊은 여왕이 주최하는 무도회예요. 사방이 황금, 대리석, 수정, 실크, 불빛과 보석, 꽃, 향내 등 온갖 호화로운 것으로 가득해요."

"호화로운 걸 좋아하십니까?" 루신이 끼어들었다.

"호화로운 건 예쁘죠." 그녀가 받아쳤다. "나는 세상의 모든 예쁜 것을 좋아한답니다."

"아름다운 것보다 더?" 그가 물었다.

"너무 교묘하게 파고드네요. 그건 잘 모르겠군요.

이제 방해하지 마세요. 자, 성대한 무도회예요. 손님도 아주 많고요. 다들 젊고 아름답고 용감하지요. 그리고 여왕을 열렬히 사랑해요."

"손님 중에 여자는 없습니까?" 말렙스키가 물었다.

"없어요. 잠깐 기다려요. 아니, 있어요."

"전부 못생겼나요?"

"아뇨. 황홀하리만치 아름다워요. 하지만 남자들은 모두 여왕을 사랑하죠. 여왕은 늘씬하고 우아해요. 짙은 머리에 조그만 황금 왕관을 쓰고 있어요."

나는 지나이다를 쳐다보았다. 그 순간 그녀는 우리 위에 높이 군림하는 것 같았다. 빛나는 지성, 차분한 하얀 이마에서 빛나는 어떤 힘이 느껴졌다. '당신이야말로 이 이야기의 여왕이군요.'

"다들 그녀 주위에 모여 있어요." 지나이다가 말을 이었다. "모두 진실성이 느껴지지 않는 아첨을 늘어놓죠."

"그녀는 아첨을 좋아합니까?" 루신이 물었다.

"도저히 못 참겠군요. 매번 말을 끊네요. 대체 누가 아첨을 싫어하겠어요?"

“정말 마지막 질문입니다.” 말렙스키가 끼어들었다. “여왕에겐 남편이 있습니까?”

“아, 거기까진 생각하지 못했네요. 없어요. 남편이 왜 필요하죠?”

“물론이죠. 왜 필요하겠어요?” 말렙스키가 맞장구를 쳤다.

“조용!” 마이다노프가 프랑스어로 소리쳤다. 그의 프랑스어 발음은 그리 좋지 않았다.

“고마워요.” 지나이다가 프랑스어로 그에게 말했다.

“여왕은 그들의 칭송과 음악을 듣지만 손님 중 누구에게도 눈길을 주지 않아요. 바닥부터 천장까지 늘어선 창문 여섯 개가 다 열려 있고, 그 너머로 커다란 별이 반짝이는 어두운 하늘과 아름드리나무들이 서 있는 어두운 정원이 보여요. 여왕은 정원을 바라보지요. 나무 근처의 분수가 어둠 속에서 유령처럼 하얗게 솟아 있어요. 여왕은 이야기와 음악 사이에서 분수의 조용한 물줄기 소리를 들어요. 그녀는 주위를 바라보며 생각하지요. 당신네 신사들은 모두 고귀하고 지적이며 부유합니다. 이런 당신들이 나를 둘러

싸고 있군요. 당신들은 내가 하는 말 한마디 한마디를 소중히 여기고, 기꺼이 내 발밑에서 죽고, 나의 노예가 되어줄 겁니다. 하지만 분수 옆 철썩이는 물가에 나를 소유한 남자가 기다리고 있어요. 그는 멋진 옷을 걸치지도, 화려한 보석을 달지도 않았어요. 아무도 모르는 사람이지만 그는 나를 기다리고 있지요. 내가 오리라는 걸 확신하고. 그래서 난 그에게 갈 겁니다. 내가 그에게 가고 싶고, 그와 함께 있고 싶고, 나뭇잎이 바스락거리고 분수가 웅얼대는 어두운 정원에서 그에게 빠져들고 싶다고 마음먹으면, 세상 그 무엇도 나를 멈출 수 없어요…."

"이 이야기는 지어낸 겁니까?" 말렙스키가 교활하게 물었다.

지나이다는 그를 쳐다보지도 않았다.

"여러분, 만일 우리가 그 손님이고 분수 옆의 그 행운아를 안다면 우리는 어떻게 했을까요?" 루신이 불쑥 질문을 던졌다.

"잠깐만요, 잠깐만." 지나이다가 끼어들었다. "여러분이 어떻게 행동할지 제가 말해볼게요. 우선 벨롭조로프 씨는 그에게 결투를 신청할 거예요. 당신, 마이다노프 씨는 그를 비난하는 짧은 풍자시를 쓸 테고요. 아, 아니다. 당신은 풍자시를 쓸 줄 모르니 바르비에* 스타일로 약강격의 시를 써서 「텔레그래프」지에 싣겠죠. 당신, 니르마츠키 씨는 그에게 돈을 빌려… 아니, 이자를 받고 대출해줄 겁니다. 당신, 의사 선생님은….” 여기서 그녀가 말을 멈추었다. “그런데 당신은, 당신이 뭘 할지 잘 모르겠네요.”

“어의로서 할 일을 할 겁니다.” 루신이 대답했다. “여왕에게 손님들을 응대할 기분이 아니라면 무도회를 열지 말라고 조언하겠습니다.”

“아마도 당신 말이 맞을 거예요. 그렇다면 백작님은요?”

“저 말입니까?” 말렙스키가 악의에 찬 미소를 살짝 흘리며 되물었다.

“당신은 독약이 든 간식을 그에게 가져다주겠죠.”

말렙스키의 얼굴이 살짝 떨리며 순간적으로 유대인 같은 표정이 떠올랐지만 이내 큰 소리로 웃었다.

*프랑스의 시인이자 극작가

"당신은 말이죠, 볼데마르." 지나이다가 말을 이었다. "음… 그만 해요. 우리 다른 게임 하죠."

"무슈 볼데마르는 여왕의 시동으로서 그녀가 정원으로 달려갈 때 옷자락을 붙들고 늘어지겠죠." 말렙스키가 독살스럽게 말했다.

나는 얼굴이 화끈 달아올랐다.

그런데 지나이다가 재빨리 내 어깨에 손을 올리고 몸을 일으키며 다소 떨리는 목소리로 말했다. "나는 한 번도 귀하께 무례한 언사를 허락하지 않았습니다. 그만 나가주세요." 말을 맺으며 문을 가리켰다.

"아가씨, 용서하세요." 말렙스키는 창백하게 질려서 웅얼댔다.

"아가씨 말씀이 맞습니다." 벨롭조로프가 자리에서 벌떡 일어나 말했다.

"장담하건대…." 말렙스키가 변명을 이어갔다. "내 말에 다른 의도는 없었습니다…. 조금도 당신을 모욕할 생각이 아니었습니다…. 제발 용서해주세요."

지나이다는 그를 차갑게 쳐다보곤 냉랭한 미소를 지었다. "좋아요. 남아 있어요." 무심하게 손짓하며 말을 이었다. “나와 무슈 볼데마르가 화낼 이유가 없었군요. 당신은 쏘아붙이는 걸 즐기시니… 맘껏 즐기세요.”

“용서하세요.” 말렙스키가 다시 한번 사과했다.

나는 불손한 인간에게 나가라고 으름장을 놓는 지나이다의 몸짓을 떠올리며, 어떤 여왕도 그녀처럼 품위 있게 대처하지 못했을 거라고 생각했다.

벌칙 게임은 이 사소한 사건 이후 금세 끝났다. 모두가 그 일 때문이 아니라 명확하지 않은 답답한 감정 때문에 약간 당황했다. 누구도 언급하지 않았지만 자신과 다른 이들의 마음속에 그런 느낌이 들어 있다는 걸 알아챘다. 마이다노프는 그의 시를 읽어주었고, 말렙스키는 과장된 호의로 찬사를 보냈다.

“저 친구, 지금 착하게 보이려는 걸세.” 루신이 내게 속삭였다.

우리는 곧 흩어졌다. 지나이다가 갑자기 생각에 빠진 것이다. 공작부인이 두통이라는 말을 전해왔고, 니르마츠키는 자신의 류머티즘을 불평하기 시작했다.

나는 한참 동안 잠들지 못했다. 지나이다의 이야기가 뇌리에서 떠나지 않았다. 그 이야기에 숨은 의미가 있나? 끊임없이 자문했다. 누구를, 무엇을 암시하는 거지? 정말로 암시가 있다면 어떻게 확인할 수 있지….

"아니, 아니야, 그럴 리 없어." 달아오른 뺨을 돌려서 누운 자세를 바꾸며 계속 혼잣말로 중얼거렸다. 하지만 그 이야기를 할 때 지나이다의 얼굴에 떠오른 표정을 떠올려보자, 루신이 네스쿠츠니공원에서 쏟아내던 말과 나를 대하는 태도가 변했다는 사실이 생각났다. 하지만 그 해답은 도무지 알 수 없었다. '누구일까?' 이 의문만 어둠 속에서 눈앞에 떠올랐다. 불길한 기운이 머리 위에 낮게 맴도는 것만 같았다. 팽팽한 압력을 느끼며 터져버릴 순간을 기다렸다. 요즘 늦게까지 머무는 일이 잦아지면서 자세킨가의 많은 면모를 보았다. 무질서한 생활, 기름투성이 양초 토막, 부러진 포크와 나이프, 음침한 보니파티, 차림새가 허름한 하녀들, 공작부인의 매너. 이런 기이한 생활 방식은 더 이상 놀랍지도 않았다.

하지만 지나이다가 어렴풋이 내보이는 뭔가에 대해서는 도무지 익숙해지지 않았다. 어느 날 어머니는 그녀를 꽃뱀이라고 불렀다. 꽃뱀이라니. 나의 우상, 나의 여신에게! 나는 불꽃처럼 타올라서 그 자리를 벗어나 베개로 도망치려고 했다. 분노로 이글대면서 분수 옆의 그 행운아가 될 수만 있다면 아무것도 바라지 않고 무엇이든 할 수 있을 것만 같았다.

내 안에서 뜨거운 피가 격렬하게 끓어올랐다. '정원, 분수. 그래, 정원으로 가보자.' 나는 재빨리 옷을 갈아입고 몰래 집을 빠져나갔다. 나무도 고요한 어두운 밤이었다. 하늘에는 부드러운 한기가 감돌고 텃밭에서 허브 향이 풍겨 나왔다.

나는 오솔길을 샅샅이 돌아보았다. 나의 가벼운 발걸음 소리가 점점 신경을 건드리는 한편 자신감도 주었다. 나는 가만히 서서 기다리며 내 심장박동 소리를 들었다. 마침내 울타리에 이르러 얇은 기둥에 몸을 기댔다. 그때 갑자기, 아니면 나의 생각인 건지, 몇 걸음 떨어진 곳에 여자의 형체가 희미하게 보였다. 나는 숨죽인 채 집중해서 어둠 속을 응시했다. '저건 뭐지?' 내 발소리일까? 아니면 내 심장박동 소리인가? "거기 누구십니까?" 들릴 듯 말 듯 더듬대며 말했다. 이번엔 또 뭐지? 애써 숨죽여 참는 웃음소리인가? 아니면 나뭇잎 스치는 소리인가? 나는 점점 무서워졌다. “거기 누구십니까?” 이번엔 더욱 조용히 말했다.

한순간 나를 둘러싼 대기가 움직이더니 하늘에 불타는 선이 그려졌다. 유성이었다. ‘지나이다?’ 묻고 싶었지만 입 밖으로 나오지 않았다. 순식간에 평상시 한밤처럼 사방이 쥐죽은 듯 고요해졌다. 숲에선 귀뚜라미조차 울지 않았고, 어디선가 끼익끼익 하는 창문 소리만 들려올 뿐이었다. 나는 한참을 그렇게 서 있다가 몸이 차가워져서 침대로 돌아왔다. 은밀히 연인을 만나러 갔다가 나 홀로 돌아왔지만, 다른 이의 행복을 스친 것 같은 묘한 흥분을 느꼈다.

XVII

다음 날은 지나이다를 잠깐 한 번 보고 말았다. 그녀는 공작부인과 마차를 타고 외출하는 길이었다. 대신 루신(그는 나에게 인사를 하는 둥 마는 둥 했다)과 말렙스키를 보았다. 젊은 백작은 미소를 지으며 상냥하게 말을 건넸다. 별채 손님 중 그 혼자만 우리 집에 간신히 들어올 수 있었다. 어머니 마음에 들었기 때문이다. 아버지는 반갑지 않은 듯 무례에 가까운 예의로 그를 대했다.

"오, 시동님." 말렙스키가 말을 걸었다. "만나서 기쁩니다. 당신의 아름다운 여왕님은 뭘 하고 계시나요?"

그 순간 말끔하게 잘생긴 그 얼굴이 너무도 역겹게 느껴졌다. 나를 무시하며 즐기는 표정이라 아무 대답도 하지 않았다.

"아직도 화가 난 겁니까?" 그가 말을 이었다. "그래선 안 되죠. 당신을 시종이라고 부른 건 내가 아니지 않습니까? 그건 그렇고 시동은 보통 여왕 곁에 있지요. 그런데 당신은 의무를 제대로 수행하지 않는 것 같군요."

"이런, 그러면 안 되는 이유라도 있나요?"

"시동은 절대 주인 곁에서 떨어지면 안 됩니다. 시동이라면 주인의 일거수일투족을 다 알아야 하고 항상 지켜봐야 합니다." 그는 목소리를 낮추며 덧붙였다. "밤낮으로요."

"무슨 말입니까?"

"무슨 말이냐고요? 충분히 이해하도록 설명했다고 생각하는데요. 낮에도 그리고 밤에도. 물론 낮에는 큰 문제가 없을 겁니다. 환하고 주위에 사람도 많으니까요. 모든 일이 일어나는 건 바로 밤이지요. 밤에 잠들지 말고 계속 지켜보라는 조언을 하는 겁니다. 최선을 다해 지켜봐야 합니다. 밤, 정원의 분수 옆. 당신이 지켜봐야 할 곳이죠. 이번엔 내게 고마워할 겁니다."

말렙스키가 껄껄 웃고는 내게서 등을 돌렸다. 별 의미 없이 내뱉은 말이겠지. 그는 그럴듯하게 농담 잘하기로 악명이 자자했고, 가장무도회에서 사람들을 속여넘기는 재주도 유명했다. 사기꾼 기질이 온몸에 가득 배어 있기 때문일 것이다. 그는 단지 나를 놀리고 싶었던 것이다. 하지만 그의 말 한마디 한마디가 독약처럼 혈관 곳곳을 타고 흘렀다. 머리까지 피가 거꾸로 솟았다. "아하! 바로 그거야!" 나는 혼잣말로 중얼거렸다. "그래! 괜히 정원에 나간 게 아니었어. 하지만 아니야! 그렇지 않을 거야!" 정확하게 무엇이 그렇지 않은지도 모르면서 주먹으로 가슴을 치며 크게 소리쳤다. '정원에 나타난 것이 말렙스키든지(무심코 그런 소리를 했을 수도 있다. 그렇게 뻔뻔한 짓을 하고도 남을 위인이니까), 아니면 다른 사람이든지(우리 정원 주변의 울타리는 아주 낮아서 쉽게 뛰어넘을 수 있으니 말이다) 누가 되었든 내 손에 걸리기만 하면 쓴맛을 보여주고 말겠어. 누구도 나를 막지 못할 거야. 온 세상과 배신자 그녀(그때 나는 실제로 배신자라는 단어를 썼다)에게 복수의 참맛을 보여주겠어.'

내 방으로 돌아가 책상에서 얼마 전에 구입한 영국제 주머니칼을 꺼내 칼날이 예리한지 만져보고는 냉정하고 비장하게 눈썹을 찌푸리며 결의를 다졌다. 그리고 이런 일이 처음도 아니고 어색하지도 않은 듯 주머니에 칼을 밀어넣었다. 내 심장은 격렬하게 요동치다 돌처럼 굳어버렸다.

나는 하루 종일 두 눈에 힘을 준 심각한 표정으로 이따금씩 입술을 질끈 깨물며, 주머니 속에서 따뜻해진 칼을 꼭 쥐고는 닥쳐올 끔찍한 무언가를 준비하는 듯 왔다 갔다 했다. 이 낯선 감각은 너무도 강렬하고 심지어 희열을 선사해서 지나이다는 생각나지도 않았다. 젊은 집시 알레코*의 모습이 계속 떠올랐다. "어디로 가나, 잘생긴 젊은이. 그냥 누워 있게." "피로 얼룩진 예술이여! 당신, 뭘 한 거요?" "아무 짓도!" 나는 잔인한 미소를 지으며 "아무 짓도!"라는 말을 수도 없이 반복했다. 아버지는 집에 없었다. 한동안 분노에 휩싸였던 어머니는 내 모습에서 불길한 기운을 알아채고 저녁 식탁에서 말했다.

"너는 왜 부루퉁한 거니? 곡물 창고에 갇힌 생쥐처럼"

*푸시킨의 단편소설 「집시들」의 주인공

나는 거만한 미소만 지으며 생각했다. '부모님이 내 계획을 알면 어떻게 될까!'

시계가 11시를 알렸다. 내 방에 올라가서 옷을 벗지 않고 자정이 되기를 기다렸다. 마침내 자정이 되었다. "이때다!" 이를 악물고 중얼거리며 단추를 목까지 채우고 소매까지 걷어올린 뒤 정원으로 나갔다.

밤새 지켜볼 자리는 이미 정해놓았다. 정원 끝, 우리 집과 자세킨가를 나누는 울타리에 소나무 한 그루가 외롭게 서 있었다. 낮게 드리운 무성한 가지 밑에 서 있으면 밤의 어둠이 허락하는 한 주변에서 일어나는 일을 똑바로 지켜볼 수 있었다. 나무 밑에는 길이 있었다. 항상 의아하게 여겨온 길이었다. 그 길은 기어오른 흔적이 남은 울타리를 따라 뱀처럼 굽이치다가 두툼한 아카시아나무로 만든 원형 정자에 이르렀다. 나는 소나무까지 걸어가서 나무에 기대고 보초를 서기 시작했다.

그날 밤은 전날 밤처럼 고요했지만, 하늘에 구름이 없어서 관목의 형체는 물론 키가 큰 꽃들까지 또렷이 보였다. 기다린 지 얼마 지나지 않았을 때는 긴 장감에 고통스럽다 못해 무섭기까지 했다. 아무것도 개의치 않겠다고 결심했지만 구체적으로 어떻게 할 건지는 아직 생각 중이었다. "어디로 가는 것이냐? 멈춰라! 전부 털어놓아라. 안 그러면 죽음뿐이다!"라고 고함을 지를까. 아니면 그냥 때려버릴까. 사소한 소리, 속삭임 모두 내겐 중요한 의미가 있고 낯설게 느껴졌다. 이제 준비됐다. 만반의 준비를 갖췄다. 몸을 앞으로 숙였다. 그렇게 30분이 지나고 또 한 시간이 지났다. 내 안의 피도 식어서 진정되었고, 이 모든 게 무의미하고 나 자신이 우습다는 생각이 머릿속에 스며들기 시작했다. 이건 전부 말렙스키의 농담에 불과할 뿐이다. 나는 관목 덤불을 벗어나 정원을 돌아다녔다. 사방이 고요했다. 아무 소리도 들리지 않았다. 모든 것이 평온했다. 심지어 우리 집 개도 문 옆에서 몸을 말고 잠들었다.

어느새 폐허가 된 온실에 이르러 내 앞에 멀리 펼쳐진 들판을 바라보다 지나이다와의 만남을 기억해내고는 생각에 잠겼다.

그때 문이 끼익 열리는 소리가 들리고 뒤이어 희

미하게 나뭇가지 부러지는 소리가 들렸다. 나는 단번에 폐허에서 뛰어내려 그 자리에 꼼짝 않고 섰다. 정원 쪽에서 빠르고 가볍지만 조심스러운 발소리가 또렷하게 들려왔다. 그 소리가 내 쪽을 향해 다가오고 있었다. '그놈이다… 바로 그놈이야.' 심장이 빠르게 뛰었다. 나는 조급하게 칼을 꺼내서 정신없이 칼날을 폈다. 눈앞에 불꽃이 일고 분노와 두려움에 머리칼이 곤두섰다. 발소리는 점점 내 쪽을 향해 다가왔다. 나는 몸을 숙여 발소리가 들려오는 쪽으로 몸을 웅크렸다. 남자가 나타났다. 오, 이런! 아버지였다!

아버지는 검은 망토로 몸을 가리고 모자를 깊이 눌러썼지만, 나는 즉시 알아볼 수 있었다. 아버지는 발꿈치를 들고 내 옆을 지나쳤다. 땅에 바짝 붙어 쪼그려 앉았기 때문에 가려주는 게 아무것도 없었지만 아버지는 나를 알아채지 못했다. 질투심에 휩싸여서 살인도 불사하던 오셀로가 갑자기 학생으로 바뀌었다. 아버지의 예기치 않은 출현에 너무나도 놀라 처음에는 그가 어디서 왔다가 어디로 사라졌는지 알아채지 못했다. 사방이 다시 조용해지자 그제야 일어나 생각했다. '어째서 아버지는 한밤중에 정원을 돌아다니는 걸까?' 두려움에 칼을 풀밭에 떨어뜨렸지만 찾을 생각도 들지 않았다. 끔찍하리만치 수치스러웠다.

나는 곧 정신을 차렸다. 집으로 돌아오는 길에 딱총나무 아래 내 의자에 가서 지나이다의 방 창문을 바라보았다. 약간 굽은 창틀이 밤하늘의 약한 빛을 받아 희미한 푸른빛으로 빛났다. 그런데 갑자기 창 색깔이 바뀌었다. 창문 너머로 분명히 보았다. 흰 커튼이 조심스레 조용히 창틀까지 내려진 뒤 움직이지 않고 그 상태로 남아 있었다.

"이게 대체 무슨 일이지?" 내 방에 돌아왔을 때 나도 모르게 입에서 튀어나왔다. "꿈일까, 우연일까, 아니면…." 갑자기 머릿속에 떠오른 생각이 너무도 새롭고 이상해서 감히 깊이 생각해볼 엄두도 내지 못했다.

XVIII

아침에 일어나자 두통이 밀려왔다. 어젯밤의 짜릿한 흥분은 사라지고 없었다. 새로 찾아온 낯선 슬픔으로 우울과 절망에 압도되어 내 안의 무언가가 죽어가는 것만 같았다.

“어째서 뇌가 반쯤 제거된 토끼처럼 나를 쳐다보는 겁니까?” 루신이 물었다.

아침을 먹으면서 부모님을 차례로 흘낏 쳐다보았다. 아버지는 평상시처럼 차분했고 어머니 역시 짜증을 억누르고 있었다. 아버지가 가끔 하듯이 나에게 어제의 일을 친절하게 설명해주지 않을까 싶어 기다렸지만, 평상시의 냉랭한 관심조차 보여주지 않았다.

지나이다에게 모든 걸 말할까도 생각했다. 어쨌거나 이제 달라질 건 없으니까 말이다. 우리 사이는 끝나버렸다.

나는 그녀에게 갔지만 아무 말도 못 했을 뿐 아니라 고대하던 대로 말할 기회도 잡지 못했다. 페테르

부르크에서 사관학교에 다니는 공작부인의 열두 살짜리 아들이 휴가를 보내러 왔기 때문이다.

지나이다는 나를 보자마자 그 아이를 부탁했다. "친애하는 볼로다(전에는 나를 이렇게 부른 적이 없었다), 당신에게 소개할게요. 이 아이도 볼로다라고 한답니다. 잘 부탁드려요. 장난꾸러기에 아직은 수줍은 많은 어린아이지만 마음은 착하죠. 이 아이를 네스쿠츠니공원에 데려가서 산책하며 돌봐주세요. 그렇게 해줄 거죠, 그렇죠? 당신은 친절한 사람이니까요." 그러곤 내 어깨에 두 손을 다정하게 올렸다.

나는 몹시 혼란스러웠다. 이 소년의 등장으로 나도 소년이 되어버린 것이다. 나는 말없이 그 사관후보생을 쳐다보았고, 그도 묵묵히 나를 응시했다.

지나이다는 웃음을 터뜨리더니 우리를 서로 가까이 당겼다. "어서요, 어린이들, 서로 포옹해요!"

우리는 그녀의 말대로 따랐다.

"정원으로 안내해줄까요?" 내가 사관후보생에게 물었다.

"친절에 감사드립니다." 그가 사관생도다운 허스

키한 목소리로 대답했다.

지나이다가 다시 웃었다. 그제야 나는 그녀의 얼굴에 어느 때보다 사랑스러운 홍조가 떠오른 사실을 알아챘다.

정원에는 낡은 그네가 있었다. 나는 생도를 좁은 그네 발판에 앉히고 천천히 그네를 밀어주었다. 그는 넓은 금빛 수술이 달린 빳빳한 제복 차림으로 그넷줄을 꼭 쥐고 꼿꼿이 앉아 있었다.

"옷깃의 단추를 푸는 게 낫지 않겠습니까?" 내가 먼저 말을 건넸다.

"아뇨, 괜찮습니다. 익숙합니다." 그는 정중하게 말하고서 헛기침을 했다.

그는 누나와 닮았다. 특히 눈이 누나와 꼭 닮았다. 그를 돌보는 일은 재미있으면서도 묵직한 아픔이 심장을 옥죄는 느낌이었다. '오늘 난 완전히 어린애 취급을 받은 거야. 그런데 어제는….'

어젯밤 칼을 어디에 떨어뜨렸는지 기억나서 칼을 찾아냈다. 생도는 그게 뭔지 묻더니 어수리의 굵은 가지를 꺾어 풀피리를 불었다. 오셀로도 휘파람을 불었다.

하지만 그날 저녁 지나이다가 정원 구석에서 이 오셀로를 발견하고 왜 그리 슬퍼하는지 묻자 오셀로는 지나이다의 품에서 울음을 터뜨리고 말았다. 눈물이 멈추지 않고 흘러나와 그녀를 당황하게 만들었다.

“무슨 일이에요? 무슨 일이죠, 볼로댜?” 계속 물었지만 내가 아무 대답도 없이 그저 울기만 하자 그녀는 나의 눈물 젖은 뺨에 입을 맞추려고 했다.

그러나 나는 등을 돌리고 흐느끼며 속삭였다. “나는 모든 걸 알고 있어요. 왜 나를 가지고 놀았죠? 당신에게 내 사랑이 왜 필요했나요?”

“난 당신에게 죄를 지었어요, 볼로댜.” 지나이다가 고백했다. “오, 끔찍한 죄를 지었죠.” 두 손을 꼭 쥐고 말을 이었다. “나는 어둡고 사악하고 못된 면이 있어요…. 하지만 지금은 당신을 가지고 노는 게 아니에요. 당신을 사랑해요. 당신은 내가 왜 그랬는지, 내가 당신을 얼마나 사랑하는지 상상도 못 할 거예요…. 그런데 당신이 알고 있다는 게 뭐죠?”

내가 무슨 말을 할 수 있겠는가? 그녀가 앞에 서서 나를 바라보는데. 그녀가 바라보기만 하면 나는 머리부터 발끝까지 그녀의 소유가 되어버리는 것을. 15분쯤 지나서 생도와 지나이다랑 셋이서 달리며 술래잡기를 했다. 더 이상 울지 않았다. 웃느라 퉁퉁 부은 눈에 눈물이 맺히긴 했지만, 나는 웃었다. 목에는 넥타이 대신 지나이다의 리본을 매고 있었다. 가까스로 그녀의 허리를 붙잡았을 때는 환희의 비명을 질렀다. 그녀는 누군가와 하고 싶었던 걸 나와 함께 한 거였다.

XIX

그날 밤의 불행한 정원 탐험 이후 한 주 동안 벌어진 일을 세세하게 보고하기란 굉장히 어렵다. 그 일주일은 기이한 열병 같은 시간이었다. 격렬한 모순으로 대립하는 감정과 생각, 의심과 희망, 기쁨과 고통이 소용돌이치는 혼란의 시간이었다. 내 안의 감정을 들여다보는 것이 두려웠다. 열여섯 살 소년이 그렇게 할 수 있다면 말이다. 나는 그것이 무엇이든 그것을 마주하는 게 두려웠다. 그저 아침부터 저녁까지 간신히 하루를 버티다 저녁이 되면 잠자리에 들었다. 이럴 땐 아이다운 단순함도 도움이 되었다.

그녀가 나를 사랑하는지 알고 싶지도 않았고, 그렇지 않다는 걸 인정하고 싶지도 않았다. 나는 아버지를 피했다. 하지만 지나이다는 피할 수 없었다. 그녀가 있을 때면 불에 타는 것 같았지만, 나를 불태워 녹이는 이 불의 정체가 무엇인지, 언제 이러한 고통이 행복이 될는지 생각하지 않았다. 나의 기억을 왜 곡하고 숨으며, 감정에 자신을 맡긴 채 다가오는 예감에 눈을 감았다. 이렇게 아프고 달콤한 바람은 어떤 식으로든 오래 가지 못했다. 갑자기 천둥 같은 사건이 일어나 나를 새롭고 전혀 다른 길에 던져버린 것이다.

어느 날 오랫동안 산책하고 점심을 먹으러 돌아왔는데, 놀랍게도 나 혼자 먹어야 한다는 이야기를 들었다. 아버지는 외출했고 어머니는 몸이 편치 않아 입맛이 없다며 방에 계신다고 했다. 하인들의 얼굴에서 범상치 않은 일이 일어났다는 사실을 알아챌 수 있었다. 하지만 그들에게 물어볼 수는 없었다.

나는 주방에서 일하는 필립을 찾았다. 우리는 가깝게 지냈는데, 시를 사랑하고 기타 연주를 잘하는 그에게서 부모님 사이에 벌어진 불쾌한 사건을 들을 수 있었다(하인들 방에서는 말 한마디 한마디 또렷이 들렸다고 한다. 대부분 프랑스어였지만 어머니의 하녀인 마샤가 파리 출신의 재봉사 집에 5년간 살았기 때문에 전부 이해할 수 있었다). 어머니는 아버지의 부정(不貞)과 이웃집 아가씨와의 관계에 대해 비난을 퍼부었다. 아버지는 일단 변명하다가 곧 불같이 화를 내며 나이 든 여자와 산다는 등 잔인한 말까지 던져서 어머니를 울리고 말았다. 그리고 어머니가 공작부인에게 빌려주기로 한 융자금을 거론하며 공작부인과 그녀의 딸에 대해 막말을 하자 아버지가 어머니를 위협하기 시작했다는 것이다.

"이 모든 문제는 발신자 미상의 편지에서 비롯된 거예요." 필립이 설명했다. "누가 그 편지를 썼는지 모르겠어요. 하지만 이런 일이 터져나올 만한 다른 이유는 없어요."

"그런데 정말 무슨 일이 있었던 거야?" 내가 힘들게 말을 꺼냈다. 손발이 차가워지고 가슴 깊은 곳에서 무언가 요동치기 시작했다.

필립은 뭔가 안다는 듯 눈을 찡긋했다. "있었지요. 그런 일은 감출 수 없어요. 이번에는 도련님 아버지께서도 조심하셨지만, 다른 사람의 도움을 받지 않고는 할 수 없는 일이 있는 법이니까요. 마차를 빌린다든지 하는 거 말입니다. 시종 없이 할 수 없잖습니까?"

나는 필립을 내보내고 침대에 몸을 던졌다. 눈물

도 나오지 않았다. 절망에 빠지지도 않았다. 이 모든 일이 어디서부터 어떻게 벌어졌는지 자문하지도 않았다. 어째서 그 전에, 그토록 한참 전에 알아채지 못했는지 의아하지도 않았다. 심지어 아버지를 원망하지도 않았다. 내가 감당하기엔 너무 큰 일이라는 사실을 깨달았다. 이렇듯 갑작스럽게 폭로된 사건이 나를 짓눌렀다. 모든 게 끝났다. 내 꽃들이 일순간에 뿌리째 뽑혀서 흩어지고 짓밟힌 채 내 주위에 널브러져 있었다.

XX

다음 날 어머니는 시내로 돌아간다고 선언했다. 아침나절 아버지는 어머니 침실에서 한참을 단둘이 있었다. 아버지가 어머니에게 무슨 말을 했는지 아무도 듣지 못했지만, 어머니는 울음을 그치더니 안정을 되찾아서 먹을 것도 가져오라고 했다. 그러나 방을 나오지도 않고 계획을 바꾸지도 않았다. 나는 하루 종일 서성대면서도 정원에 나가지 않았고 별채 쪽에 눈길도 주지 않았다.

저녁 무렵엔 놀라운 장면을 목격했다. 아버지가 말렙스키 백작의 팔을 붙잡아 거실에서 현관까지 끌어낸 것이다. 아버지는 하인들 앞에서 차갑게 말했다. "며칠 전 어떤 집에서 귀하께 나가라고 했다지요. 이제 나도 당신과 말을 섞고 싶지 않습니다. 귀하께서 또다시 내 집을 찾으신다면 당신을 창밖으로 던져버리겠소. 당신의 글씨도 정말 마음에 들지 않소."

백작은 가볍게 고개를 숙여 인사하고는 이를 악물

고 진저리치는 시늉을 하더니 그대로 사라져버렸다.

시내로, 우리 집이 있는 아르바트로 돌아갈 준비가 시작되었다. 아버지도 더 이상 시골에 머물 생각이 없어 보였다. 어쨌거나 아버지는 일을 키우지 말라고 어머니를 설득하는 데 성공한 것 같았다. 모든 일이 조용히 차근차근 진행되었다. 어머니는 공작부인에게 건강이 좋지 않아 인사를 못 하고 떠나서 유감이라는 말까지 전했다.

나는 정신 나간 사람처럼 멍하니 마냥 걸었다. 그저 모든 일이 빨리 끝나기를 바라는 마음이었다. 머릿속에서 한 가지 생각만 맴돌았다. 어떻게 젊은 여자가, 공작의 딸이, 우리 아버지가 결혼한 남자라는 걸 알면서도 그런 짓을 할 수 있었을까? 벨롭조로프 같은 사람과 결혼할 수도 있지 않았는가? 그녀는 무엇을 바란 걸까? 자기 인생이 송두리째 망가질까 두렵지도 않았을까? 그래, 이게 바로 사랑이다. 이것이 열정이고 헌신이다. 그제야 루신의 말이 생각났다. "누군가는 자신을 희생하는 것이야말로 지극한 행복일 텐데!"

얼마 후 별채의 창문에서 윤곽이 희미한 얼룩을 보았다. '지나이다의 얼굴일까?' 분명했다. 나는 더 이상 참을 수 없었다. 마지막 작별 인사도 하지 않고 떠날 수는 없었다. 기회를 봐서 별채로 달려갔다.

공작부인이 거실에서 예의 교양 없는 태도로 인사를 건네고는 코담배를 킁킁거리며 물었다. "댁의 하인들이 출발 준비를 굉장히 서두르더군요. 도련님, 무슨 일이 있나요?"

그녀를 보자 마음의 짐이 가벼워졌다. 필립이 알려준 '융자'라는 말이 내내 마음에 걸린 터였다. 그녀는 아무것도 의심하지 않았다. 적어도 그때 나는 그렇게 생각했다. 지나이다가 옆방에서 나왔다. 검은 드레스를 입고 창백한 얼굴에 머리를 풀어내린 모습이었다. 그녀가 말없이 내 손을 잡고 자기 방으로 데려갔다.

"당신 목소리를 듣고 바로 나왔답니다. 그리 쉽게 우리를 버릴 수 있나요, 못된 도련님?"

"당신에게 작별 인사를 하러 왔습니다." 내가 대답했다. "아마 다시는 못 보겠지요. 들으셨겠지만 우리는 곧 돌아갑니다."

지나이다가 나를 뚫어지게 쳐다보았다. "네, 들었어요. 와줘서 고마워요. 당신을 다시는 못 만나나 생각하는 참이었거든요. 나를 나쁘게 생각하지 말아요. 가끔 당신을 괴롭히기는 했지만, 난 당신이 생각하는 그런 사람이 아니에요." 그리고 몸을 돌려 창에 기댔다. "정말이에요. 난 그런 사람이 아니에요. 당신이 나를 안 좋게 생각하는 걸 잘 알아요."

"제가요?"

"그래요. 당신, 바로 당신 말이에요."

"제가요?" 나는 고통스럽게 이 말을 되풀이했다. 이루 표현하기 어려운, 그녀의 저항하기 힘든 매력에 심장이 떨리기 시작했다. "제가요? 믿어줘요, 지나이다 알렉산드로브나. 당신이 무슨 일을 했든, 나를 얼마나 괴롭혔든 내 생이 끝나는 날까지 당신을 사랑하고 숭배할 겁니다."

그녀가 재빨리 나를 향해 돌아서서 넓게 팔을 벌려 내 머리를 감싸안고는 따뜻하고 강렬한 입맞춤을 해주었다. 이 기나긴 작별 키스가 누구를 위한 것인지는 아무도 모르지만, 나는 그 달콤함을 만끽했다.

다시 오지 않을 순간임을 잘 알고 있었다.

"잘 있어요, 잘 있어요." 나는 이 말을 되풀이했다.

그녀는 포옹을 풀고 방을 나갔다. 나도 별채를 떠났다. 그녀를 떠날 때 어떤 감정이었는지 표현하기 어렵다. 그런 감정을 다시는 경험하고 싶지 않았지만, 그런 일을 겪지 못한 것도 불행이라고 생각했다.

우리는 시내로 돌아갔다. 과거를 떨쳐내기까지 한참이 걸렸고 공부를 시작하는 것도 쉽지 않았다. 내 상처는 더디게 회복되었다. 하지만 아버지한테 나쁜 감정은 없었다. 오히려 아버지가 더 대단해 보였다. 이 모순된 감정에 대해선 심리학자들에게 맡겨두자.

어느 날 거리를 걷다가 루신을 만났다. 말할 수 없이 기뻤다. 그의 직선적이고 솔직한 성격이 좋았다. 그가 일깨워준 기억 때문에라도 내게는 소중한 존재였다.

"오호!" 그가 눈썹을 찌푸리며 말했다. "당신이로군, 젊은 친구. 어디 봅시다. 여전히 낯빛이 누렇군. 하지만 지난날의 어리석음은 당신 눈에서 사라졌군요. 이제는 애완견이 아니라 사람처럼 보입니다. 좋군요. 그런데 요즘 뭘 하고 지냅니까? 공부?"

나는 한숨을 내쉬었다. 거짓말을 하고 싶지는 않았지만 진실을 말하자니 부끄러웠다.

"아, 됐습니다." 루신이 계속해서 말했다. "기죽지 말아요. 중요한 것은 정상적으로 살면서 휩쓸리지 않는 겁니다. 안 그러면 무슨 소용이겠소? 파도가 당신을 어디로 실어가든지 언제나 나쁜 결과를 맞이할 겁니다. 자기 발로 바위에 서야지요. 요즘 나는 기침을 합니다…. 그런데 벨롭조로프 소식은 들었습니까?"

"아뇨. 무슨 일이 있나요?"

"흔적도 없이 사라졌지 뭐요. 사람들 말이 코카서스로 갔다더군요. 교훈으로 삼아요, 젊은 친구. 이 모든 일이 제때 끊는 법을 몰라서 생긴 거요. 올가미에서 벗어나는 법 말입니다. 당신은 무사히 벗어난 것 같군요. 이제는 다시 빠지지 않도록 조심하시오. 이만 안녕히."

'빠지지 않을 거예요. 그녀를 다시 못 볼 테니까요.'

하지만 나는 지나이다를 한 번 더 만날 운명이었다.

XXI

아버지는 매일 말을 타러 나갔다. 아버지에게는 길고 가는 목에 다리가 긴 멋진 영국산 밤색 암말이 있었다. 이 녀석의 이름은 일렉트릭인데, 아버지 말고는 누구도 탈 수 없었다. 어느 날 아버지가 한껏 기분이 좋아서 나를 찾아왔다. 한동안 보지 못한 모습이었다. 아버지는 말을 탈 채비를 갖추고 박차까지 찬 상태였다. 나는 아버지에게 데려가달라고 사정했다.

"등 짚고 뛰어넘기 놀이를 하는 게 더 좋을 것 같구나." 아버지가 내키지 않는 투로 말했다. "네 말로는 나를 따라오지 못할 텐데."

"아뇨, 할 수 있어요. 저도 박차를 찰게요."

"좋다, 그러자꾸나."

우리는 말을 타러 나갔다. 내가 탄 말은 털이 텁수룩하고 다리가 튼튼하며 기운찬 검은 말이었다. 사실 일렉트릭이 속보로 갈 때 이 녀석은 전속력으로 달려야 했지만 어쨌거나 뒤처지지는 않았다. 나는 지금껏 아버지만 한 기수를 본 적이 없었다. 아버지는 아름답고 편안한 자세로 말을 탔고, 말도 그걸 느끼는 듯 아버지를 자랑스러워하는 것 같았다.

우리는 시내 거리를 지나 데부시카 들판으로 나가서 울타리 몇 개를 뛰어넘었다(뛰어넘을 때 무서웠지만, 아버지는 소심한 사람을 경멸하기 때문에 두려움을 꾹 참았다). 모스크바강을 두 번 건넜을 때 이젠 집으로 돌아가겠구나 생각했다. 아버지도 내 말이 지쳤다는 걸 눈치챈 듯했다. 그런데 갑자기 크림스키 여울에서 나를 뒤로하고 강둑으로 말을 내달렸다. 나도 뒤를 따라 달렸다. 높게 쌓은 오래된 통나무 더미에 이르자 아버지는 말을 멈추고 일렉트릭의 등에서 민첩하게 뛰어내리더니 내게도 내리라고 했다. 고삐를 내게 건네고는 여기 통나무 근처에서 잠깐만 기다리라고 말한 뒤 좁은 오솔길로 들어가 사라져버렸다. 나는 머리를 흔들고 몸을 떨며 콧김을 내뿜고 우는 일렉트릭을 혼내면서 말을 끌고 강을 따라 걷기 시작했다. 그러다 내가 멈추자 일렉트릭이 발굽으로 땅을 파고 히잉 울더니 내 말의 목을 물어버렸다. 한마디로 버르장머리 없는 순종 말다운 짓이었다.

아버지가 돌아오는 기척이 없었다. 강을 타고 불쾌한 습기가 올라오더니 추적추적 가랑비가 내려 잿빛 통나무에 작은 갈색 반점을 만들어냈다. 계속 그 주위를 오갔더니 이 구질구질한 통나무 더미를 보는 것만으로도 역겨워졌다. 나는 점점 더 우울해졌지만 아버지는 돌아올 기색이 없었다.

여러모로 핀란드인처럼 보이는 회색 옷의 야간 보초병이 주전자 모양의 커다란 헬멧을 쓰고 미늘창을 든 채(모스크바 강가에서 보초병이 대체 뭘 하는 건지!) 다가와 늙은 여자처럼 주름진 얼굴을 들이밀며 말했다. "여기서 말들을 데리고 뭘 하는 겁니까, 나리? 제가 고삐를 잡고 있지요."

나는 아무 대답도 하지 않았다. 그는 내게 담배를 달라고 했다. 그에게서 벗어나려고(그리고 조바심이 났기 때문에) 아버지가 사라진 쪽으로 몇 걸음 더 옮겼다. 아버지가 사라진 방향으로 몇 걸음 걷다가 좁은 골목길 끝까지 내려가 모퉁이를 돌아서 발을 멈추고 말았다. 그 자리에서 40걸음쯤 떨어진 작은 목조

주택의 열린 창을 향해 아버지가 나를 등지고 서 있었다. 아버지는 창틀 너머로 가슴을 숙이고 있었다. 커튼으로 반쯤 가려진 창 안에서 검은 옷을 입은 여자가 아버지와 이야기를 나누고 있었다. 지나이다였다.

나는 망연자실해졌다. 내가 예상한 장면이 아니었다. 처음에는 도망가려고 했다. '아버지가 보면 난 끝장이야.' 하지만 호기심보다 강렬하고, 질투보다 훨씬 강렬하고, 두려움보다도 강렬한 기이한 감정이 나를 붙잡았다. 나는 가만히 서서 그들을 바라보며 귀를 쫑긋 세웠다. 아버지가 무언가 강요하고 지나이다는 동의하지 않는 것 같았다. 지금도 그녀의 슬프고 진지한 아름다운 모습이 생생하다. 그 얼굴에 비친 슬픔, 헌신, 사랑, 절망의 흔적은 말로 표현할 수 없을 것 같다. 이를 표현할 다른 말을 찾을 수도 없다. 그녀는 단답형으로만 말하고 눈도 들지 않은 채 순종적이면서도 고집스럽게 미소만 지을 뿐이었다. 나의 지나이다. 과거의 그녀를 떠올리는 미소였다.

아버지는 어깨를 으쓱하더니 모자를 바르게 고쳐 썼다. 그가 더 이상 참을 수 없을 때 하는 행동이었다. 그리고 나는 "당신과 헤어져야 합니다…"라는 말을 들었다. 지나이다는 몸을 똑바로 펴고 손을 내밀었다. 그리고 내 눈앞에서 믿기지 않는 일이 일어났다. 아버지가 갑자기 코트의 주름을 털던 채찍을 치켜들더니 팔꿈치까지 드러난 그녀의 팔에 세차게 휘두르는 소리가 들렸다. 나는 입에서 비명이 터져나오려는 걸 가까스로 참았다. 지나이다는 아버지를 조용히 바라보며 몸을 떨었다. 그러고는 천천히 팔에 입술을 갖다대더니 선홍색으로 부푼 상처에 입을 맞췄다.

아버지는 채찍을 던져버리고는 재빨리 현관 층계를 뛰어 올라가 집 안으로 들어갔다. 지나이다는 몸을 돌리고 손을 내밀며 고개를 젖혔다. 그리고 창에서 멀어졌다.

공포에 질려 기절할 지경이었다. 나는 몸을 돌려 갈림길을 내달려서 강으로 돌아왔다. 그러다 하마터면 일렉트릭을 놓칠 뻔했다. 머릿속이 뒤죽박죽 혼란스러웠다. 냉정하고 이성적인 아버지도 때때로 격분한다는 것은 알고 있었다. 하지만 내가 목격한 장면이 도통 이해되지 않았다. 동시에 그 순간 지나이다의 몸짓과 표정, 미소는 죽는 날까지 잊지 못하리라는 것도 깨달았다. 그녀의 모습, 갑작스럽게 내 앞에 보인 그녀의 새로운 모습은 내 기억에 영원토록 새겨질 것이다. 멍하니 강을 바라보았다. 눈물이 흐르는 것도 몰랐다. 그녀를 때리다니, 때리다니, 때리다니….

"뭐 하는 거냐? 말을 데려오거라." 뒤에서 아버지의 목소리가 들렸다. 아버지에게 기계적으로 고삐를 넘겼다. 아버지는 일렉트릭의 등에 올라탔다. 추위에 몸이 얼어붙은 말은 뒷발로 서더니 2미터를 뛰어나갔다. 하지만 아버지는 말의 옆구리에 박차를 가하고 주먹으로 목을 때려서 금세 통제했다.

"이런! 채찍이 없군." 아버지가 중얼거렸다.

좀 전에 아버지가 채찍을 휘두르던 장면이 생각나 몸을 떨었다.

"어디다 두셨어요?" 나는 잠시 틈을 두었다가 물었다.

아버지는 아무 대답도 하지 않고 말을 몰았다. 나는 아버지를 따라잡았다. 아버지의 얼굴을 봐야겠다는 생각이 들었다.

"기다리느라 심심했니?" 아버지가 웅얼대며 물었다.

"조금요. 그런데 채찍은 어디다 떨어뜨리셨어요?" 내가 다시 물었다.

아버지는 나를 휙 쳐다보더니 천천히 말했다. "떨어뜨린 게 아니다. 버린 거다."

아버지는 생각에 잠겨 고개를 숙였다. 아버지의 엄격한 얼굴에 얼마나 많은 온화함과 열정이 드러날 수 있는지 처음이자 마지막으로 본 순간이었다. 아버지는 다시 말을 달렸다. 이번에는 따라잡을 수 없었다. 나는 아버지보다 15분 늦게 집에 도착했다.

"그래, 이것이 사랑이다. 이것이 열정이야." 그날 밤 교과서와 공책이 펼쳐진 책상에 앉아 몇 번이고 되뇌었다. "어떻게 분노하지 않을까. 어떻게 얻어맞는 걸 참을 수 있을까. 사랑하는 이의 손이라도. 사랑한다면 그럴 수도 있겠지. 그러면 내가 상상한…."

그 후 한 달 동안 나는 훌쩍 자랐다. 격렬한 흥분과 고통을 수반한 나의 사랑은 내가 상상할 수도 없었던, 어둑어둑해지면 분간할 수 없는 낯설고 아름답지만 경외심을 불러일으키는 얼굴처럼 두려움을 자아내는 미지의 사랑에 비해 보잘것없고 유치하고 시시하게 느껴졌다.

그날 밤 이상하고도 무서운 꿈을 꾸었다. 꿈에서 천장이 낮은 작은 방에 들어갔는데, 아버지가 그 방에서 채찍을 들고 발을 쿵쿵대는 거였다. 지나이다는 구석에서 몸을 웅크렸고, 팔이 아닌 이마에 선홍색 흔적이 있었다. 그들 뒤에는 피투성이가 된 벨롭조로프가 서 있었다. 그는 위협적인 몸짓을 하며 창백한 입술로 아버지에게 분노를 쏟아냈다.

두 달 후 나는 대학에 들어갔다. 그리고 6개월 뒤 아버지는 어머니와 나를 데리고 페테르부르크로 이사했으며 얼마 지나지 않아 세상을 떠났다(뇌졸중이었다). 세상을 떠나기 며칠 전 아버지는 모스크바에서 온 편지를 받고 굉장히 충격을 받았다. 아버지는 어머니에게 무언가를 부탁하며 감정을 이기지 못해 울었다고 한다. 세상에, 아버지가 울다니! 뇌졸중이 덮친 그날 아침, 아버지는 내게 프랑스어로 편지를 썼다. "아들아, 여자의 사랑을 조심하렴. 그 짜릿함을 조심해. 그건 천천히 퍼지는 독약과도 같단다."

아버지가 돌아가신 뒤 어머니는 상당히 많은 돈을 모스크바에 보냈다.

XXII

서너 해가 지나 대학을 졸업했다. 하지만 뭘 해야 할지, 어떤 문을 두드릴지 아직 확신이 없는 상태에서 하는 일 없이 시간을 허비하고 있었다.

어느 화창한 저녁, 극장에서 마이다노프를 만났다. 그는 용케 결혼도 하고 정부 관료도 되었지만, 내가 보기에 크게 달라진 것 같지는 않았다. 그는 여전히 바보처럼 열을 올리다가 갑자기 깊은 우울감에 빠져들었다.

"돌스카야 부인이 여기 있는 거 아시죠?" 그가 뜬금없이 물었다.

"어떤 돌스카야 부인 말씀인가요?"

"설마 잊었나요? 전 자세키나 공작의 딸 말입니다. 우리 모두 그리고 당신도 그녀와 사랑에 빠졌지 않습니까? 기억하시죠? 네스쿠츠니 근처의 시골에서요."

"그녀가 돌스키 씨와 결혼했습니까?"

"그렇습니다."

"그러니까 그녀가 여기, 극장에 있다는 겁니까?"

"아뇨. 여기 페테르부르크에 있습니다. 며칠 전에 왔습니다. 외국에 나갈 거라더군요."

"남편은 어떤 사람입니까?" 내가 물었다.

"굉장히 성격 좋은 친구랍니다. 돈도 많고. 모스크바에서 함께 근무했거든요. 당신도 알겠지만, 그 사건 이후에… 당신도 그 사건을 잘 알겠지요. (마이다노프는 의미심장한 미소를 지었다.) 그녀에게 어울리는 결혼 상대를 찾기란 쉽지 않았습니다. 그 일이 거기서 끝나지도 않았고…. 하지만 그녀의 머리로는 불가능한 일이 없지요. 그녀에게 가보세요. 당신을 보면 매우 반가워할 겁니다. 전보다 더 아름다워졌더군요."

마이다노프는 지나이다의 주소를 건네주었다. 그녀는 데무트 호텔에 묵고 있었다. 오랜 기억들이 내 안에서 소용돌이쳤다. 그다음 날 나의 '연인'을 만나러 가리라 다짐했다. 하지만 이런저런 일들이 생겼다. 일주일이 지나고 또 일주일이 지났다. 그제야 데

무트 호텔에 가서 돌스카야 부인을 찾았는데, 그녀가 나흘 전 아이를 낳다가 죽었다는 놀라운 소식을 듣고 말았다.

가슴에 갑작스런 통증이 느껴졌다. 그녀를 볼 수도 있었는데 그러지 못했고, 이제 두번 다시 볼 수 없다는 고통스러운 생각에 빠져 자책감에서 벗어날 수 없었다.

"그녀가 죽었다!" 멍하니 짐꾼을 바라보며 이 말만 반복했다. 발길 닿는 대로 정처 없이 걸었다. 지난 일이 불현듯 떠올랐다. 이것이 그 삶에 대한 마지막 답변일까. 이것이 그 빛나고 열정적이고 짜릿한 젊은 인생이 서둘러 나아간 마지막 목적지일까. 그제야 아직 살아 있는 나에게서 그리 멀지 않고, 아마도 아버지가 묻힌 곳에서 몇 걸음 떨어지지 않은 눅눅한 지하의 어둠 속, 좁은 상자에 누워 있는 그 아름다운 얼굴, 눈동자, 곱슬머리가 떠올랐다.

이러한 생각들이 끊임없이 이어지며 상상력이 고조되었다.

무심한 입에서 죽음의 소식을 들었네.

나는 무심히 그 소식을 들었네.

이 시구가 머릿속에서 맴돌았다. 아, 청춘이여! 청춘이여! 너는 거리낌 없이 네 길을 가겠지. 온 세상의 보물을 가진 것처럼. 슬픔조차 너의 기운을 북돋아주고 비애조차 편히 받아들이겠지. 너는 자신만만하고 오만하게 말하지. "나는 홀로 살아 있다. 보아라!" 하지만 너의 나날은 흔적도 없이, 셀 틈도 없이 쏜살같이 사라지고, 네 안의 모든 것은 태양 아래 밀랍처럼… 눈처럼 녹아 없어질 테지. 네 매력의 비밀은 무엇이든 할 수 있다는 가능성이 아니라, 못할 것이 없다고 생각하는 가능성에 있다. 너의 힘은 사용해보지도 못하고 바람에 날려버린 재능이다. 우리 모두는 시간을 허비하지만 않았다면 무슨 일이든 할 수 있었을 텐데, 라고 말할 권리가 있다고 확신하지.

그리고 지금 나… 나는 무엇을 바라고 무엇을 기대했는가? 절망적인 한숨 한 번으로 일순간에 나타난 첫사랑의 유령과 작별할 때, 미래는 어떤 풍요로운 약속을 했는가?

내가 바라는 모든 것 가운데 무엇을 이루었는가? 이제 내 인생에 저녁의 그늘이 드리우기 시작할 때, 봄날 아침 빠르게 왔다 간 짧은 폭풍우에 대한 기억보다 더욱 생생하고 소중한 건 무엇일까?

하지만 나는 부당하다. 나는 단순하던 청춘 시절에도 나를 부르는 애절한 목소리, 무덤 저편에서 내게 들려온 침통한 소리를 외면하지 않았으니까.

지나이다의 죽음을 알고 며칠 후 거부할 수 없는 충동에 끌려 이웃에 살던 가난한 노파가 죽어가는 모습을 지켜보았다. 그녀는 딱딱한 판자에 베개를 받치고 누워 낡은 이불을 덮은 채 힘겹고 고통스럽게 임종을 맞이했다. 그녀는 일생 동안 일용할 양식을 얻기 위해 처절한 사투를 벌였다. 기쁨도 느끼지 못하고 달콤한 행복을 맛보지도 못했다. 그녀는 죽음, 그 죽음을 통한 구제와 평안을 기쁘게 맞이하지 않았을까? 그러나 차디찬 손 아래에서 그녀의 가슴이 고통스럽게 오르내리며 허약한 몸이 완강히 버티는 동안, 그 몸 안에 어떤 힘이 남아 있는 동안, 이 작은 노파는 끊임없이 성호를 그으며 "주여, 저의 죄를 용서하소서"라고 중얼거렸다. 그리고 마지막 의식의 불꽃과 함께 두려운 표정, 죽음의 공포가 그녀의 눈에서 사라졌다. 거기서, 이 가난한 노파의 임종에서 나는 지나이다를 떠올리며 두려워했다. 그녀를 위해, 아버지를 위해, 그리고 나 자신을 위해 기도하고 싶어졌다.

이반 세르게예비치 투르게네프

Иван Сергеевич Тургенев, 1818~1883

도스토옙스키, 톨스토이와 함께 러시아 사실주의 문학의 거장으로 불린다. 1818년 중부 러시아의 스파츠스코예마을에서 태어난 투르게네프는 오랜 귀족 가문의 핏줄을 타고난 어머니와 영락한 가문의 장교 아버지 슬하에서 자랐다. 귀족적인 가정교육으로 프랑스어와 영어, 독일어에 능통했다. 어머니는 기도조차 프랑스어로 하게 했지만, 그는 농노에게 러시아어를 배웠고 훗날 러시아의 대문호로 자리 잡는다. 페테르부르크대학에 들어가서는 스탄케비치를 비롯한 러시아 이상주의자들을 만나고 서구주의자들과도 친밀하게 지낸다. 냉정하고 거친 어머니에게 반감을 가졌다가 어머니가 돌아가

시자 천여 명의 농노를 해방시켰는데, 이는 러시아 귀족 사회의 주목을 받았다. 여행기 형식으로 쓴 「사냥꾼의 시기」는 농노 제도의 폐해를 시적으로 폭로했고, 「전날 밤」에서는 농노 해방 직전의 러시아 사회와 정치 상황을 생생하게 그렸다. 하지만 1861년 러시아 사회의 현실과 흑백 논리에 환멸을 느껴 파리로 떠난다. 그 후 푸시킨을 비롯한 러시아 작가들의 작품을 유럽에 소개하고 내면 세계와 일상을 다룬 「여단장」 「불행한 여인」 「봄물」 등을 발표한다. 생의 대부분을 타국에서 보냈지만, 그의 작품에는 사회와 현실 그리고 조국 러시아의 풍광이 굳건한 배경으로 자리 잡고 있다.

임지연

숙명여대 사학과 졸업 후 해외광고홍보대행사와 CJ E&M에서 일했다. 영상보다는 활자에 매력을 느껴 글밥아카데미를 거친 뒤 현재 바른번역에서 전문번역가로 활동하고 있다. 「거절당하기 연습」「사람은 무엇으로 사는가」「재즈를 읽다」「앙겔라 메르켈」「자기계발을 위한 몸부림」「킨포크」「술의 인문학」「인스타그램, 순간을 남기면 보이는 나」「너무 사랑하지만 힘든 걸 어떡해」「감정의 발견」「악의 패턴」「한 입 크기의 프랑스 역사」 등을 변역했다.

첫사랑

2022년 8월 29일 1판 1쇄 발행

지 은 이 이반 투르게네프
옮 긴 이 임지연
발 행 인 이상영
편 집 장 서상민
편 집 인 이상영
디 자 인 서상민, 배어진
마 케 팅 박진솔
교정·교열 노경수
펴 낸 곳 디자인이음
등 록 일 2009년 2월 4일:제300-2009-10호
주 소 서울시 종로구 효자동 62
전 화 02-723-2556
메 일 designeum@naver.com
blog.naver.com/designeum
instagram.com/design_eum

*잘못된 책은 바꾸어 드립니다.